हातिमताई
की
तिलिस्मी कहानियाँ

वैभव विप्लव

विद्या विहार, नई दिल्ली

प्रकाशक : विद्या विहार,
19, संत विहार (पहली मंजिल) गली नं. 2, अंसारी रोड, नई दिल्ली-110002
 / संस्करण : 2022 / मूल्य : चार सौ रुपए
मुद्रक : नरुला प्रिंटर्स, दिल्ली ISBN 978-93-80186-45-0

HATIMTAI KI TILISMI KAHANIYAN
by Shri Vaibhav Vipalav ₹ 400.00
Published by **VIDYA VIHAR**, 19, Sant Vihar (First Floor), Street No.2, Ansari Road, New Delhi-2

अपनी बात

आज भी पाठकों के बीच हातिमताई की कहानियाँ उतनी ही लोकप्रिय हैं जितनी कि पहले थीं। कहानियाँ केवल बाल पाठकों को ही नहीं, अपितु प्रत्येक वर्ग के पाठकों को रोमांचित करती हैं। हैरतअंगेज कारनामों से ओतप्रोत हातिमताई की कहानियाँ हमें परोपकार, सदाचार, कर्तव्य और धर्म पालन का बोध भी कराती हैं।

पाठकों के लिए 'हातिमताई' नामक इस कथा साहित्य को प्रस्तुत करने का हमारा उद्‌देश्य यही है कि हम इन कहानियों से प्रेरित होकर दूसरों के दुःख-दर्द को समझें तथा स्वयं के अंदर परोपकार की भावनाएँ उत्पन्न करें। तो आइए, इस पुस्तक के माध्यम से पढ़ें कि कैसे इस महान् पात्र 'हातिमताई' ने नेक रास्ते पर चलकर परोपकार को अपनाकर अनेक कठिनाइयों को कितनी आसानी से पार कर लिया। हमें आशा ही नहीं, पूर्ण विश्वास है कि हातिमताई की ये कहानियाँ पाठकों को अवश्य ही नई दिशा दिखाएँगी।

—प्रकाशक

कहाँ क्या है?

1

हातिमताई कौन था?

बहुत समय पहले अरब गणराज्य में एक देश था 'यमन'। यमन देश के बादशाह का नाम शाहजमान था। कई वर्षों के बाद भी बादशाह शाहजमान के कोई औलाद नहीं हुई थी। बादशाह और मल्लिका प्रतिदिन खुदा से संतान की दुआ माँगते और गरीब, लाचार लोगों की सेवा करते थे।

आखिर एक दिन खुदा ने उनकी दुआ कुबूल कर ली और बादशाह के महल में एक सुंदर बालक की किलकारी गूँजने लगी।

यमन के वारिस के आने की खुशी में पूरे यमन राज्य को रोशनी से जगमगाया गया। चारों दिशाएँ ढोल-नगाड़ों की आवाजों से गूँजने लगीं। पूरे राज्य में खुशी का माहौल बना हुआ था। घर-घर में मिठाइयाँ बाँटी जा रही थीं।

एक रात बादशाह शाहजमान और मल्लिका बालक को लेकर महल की छत पर सो रहे थे। तभी आकाश मार्ग से गुजरती नीलम परी की नजर उस बालक पर पड़ी, जिसके मुख पर कई सूर्यों का प्रकाश झलक रहा था। नीलम परी बालक के मुखमंडल की आभा देखकर उसकी ओर खिंची चली आई। परी ने मल्लिका से बच्चे के विषय में पूछा तो पता चला कि वह बालक और कोई नहीं, बल्कि हातिमताई है।

नीलम परी ने हातिम को आशीर्वाद-स्वरूप अनेक जादुई शक्तियाँ प्रदान कीं और आकाश मार्ग से उड़ गई।

धीरे-धीरे समय बीतने लगा। हातिम अब एक सुंदर तथा बलिष्ठ युवक बन गया था। वीरता, परोपकार, दया, धर्म आदि गुण हातिम में कूट-कूटकर भरे थे।

यमन देश की पहाड़ी पर ही 'आबलोक' नाम का एक जादूगर रहता था। एक दिन उसने अपनी जादुई शक्ति से नीलम परी और उसके साथ अनेक परियों को कैद कर लिया। हातिम को जब इस बात का पता चला तो उसने दुष्ट जादूगर 'आबलोक' की जादुई शक्तियों को नष्ट करके नीलम परी को कैद से मुक्त कराया।

हातिम ने ऐसे ही न जाने कितने कारनामों को अंजाम दिया, जिससे यमन में ही नहीं, पूरे अरब गणराज्य में उसकी कीर्ति फैलने लगी।

एक दिन उसने अपने जिगरी दोस्त की दास्तान सुनी, जिसका नाम 'मुनीरशामी' था। मुनीरशामी एक खूबसूरत लड़की की मुहब्बत में सबकुछ भूल चुका था। वह उस लड़की को पाना चाहता था, जिसका नाम हुस्नबानो था।

हुस्नबानो शाहबाद शहर के एक सौदागर की बेटी थी। हुस्नबानो की शर्त थी कि जो भी युवक उसके सात सवालों के जवाब ढूँढ़कर लाएगा, वह उसी से शादी करेगी।

उसी दोस्त को उसकी महबूबा से मिलवाने के लिए हातिम उन्हीं सात

सवालों के जवाब ढूँढ़ने निकल पड़ा, जोकि उसके दोस्त की प्रेमिका ने उससे पूछे थे। अनेक तिलिस्मी रास्तों से गुजरता हुआ हातिम अंत में उन सातों सवालों के जवाब ढूँढ़, अपने दोस्त की शादी उसकी महबूबा हुस्नबानो से करा देता है।

हातिमताई जैसा नेक दिल इनसान आज भी लोगों के दिलों में जिंदा है। उसकी दया, नेकदिली, परोपकारिता की कहानियाँ आज भी पाठकों को अपनी ओर आकर्षित करती हैं।

दयावान हातिम

2

शाहबाद शहर से चलकर हातिम ने जंगल की ओर प्रस्थान किया। जब वह जंगल से गुजर रहा था तो उसने देखा कि एक भेड़िया बकरी को दबोचकर खाना चाहता है।

बकरी को देखकर हातिम को तरस आ गया। हातिम भेड़िये को डाँटता हुआ बोला, "अरे दुष्ट! तू यह क्या करने जा रहा है। देखता नहीं, इसके थनों में दूध है, यह किसी छोटे बच्चे की माँ है, इसको मारने से दो हत्याएँ होंगी। पहली माँ की, दूसरी इसके बच्चे की, जो दूध न मिलने के कारण मर जाएगा।"

भेड़िया भयभीत हो गया और बोला, "मैं समझ गया कि तुम दयावान हातिम हो। हे हातिम! तुम्हारे कहने से मैं इसे छोड़ देता हूँ, परंतु मेरी भूख का क्या होगा? यदि मुझे भी आज भोजन नहीं मिला तो मैं भी मौत के मुँह में चला जाऊँगा।"

हातिम ने कहा, "ऐ भेड़िये! जैसे तुमने मेरी बात मानकर बकरी को छोड़ दिया है, वैसे ही मैं तुम्हारी भूख मिटाने का प्रबंध करता हूँ।"

इतना कहकर हातिम ने अपनी दोनों जाँघों का मांस काटकर भेड़िये के सामने डाल दिया। भेड़िये ने मांस खाकर अपनी भूख मिटाने के बाद हातिम से पूछा, "ऐ हातिम! तुम्हें ऐसा कौन सा काम है, जिसके कारण

तुम इस भयानक जंगल में आए हो?"

हातिम बोला, "मैं अपने मित्र मुनीरशामी के कार्य से निकला हूँ। मुझे इस सवाल का जवाब लेकर आना है। 'एक बार देखा है, दूसरी बार देखने की तमन्ना है।' खुदा जाने वह कौन आदमी है, जिसने यह कहा है। न जाने उसने ऐसी कौन सी चीज देख ली थी, जिसे उसको दोबारा देखने की तमन्ना है।"

उसकी बात सुनकर भेड़िया बोला, "कभी-कभी उस स्थान पर मैं भी जाता हूँ, जिसका नाम 'दस्ते हवैदा' है। जो कोई भी वहाँ जाता है, उसे हर समय यही आवाज सुनाई देती है। तुम इसी मार्ग पर आगे चले जाओ, आगे चलने के बाद एक दोराहा आएगा, वहाँ से तुम दाहिनी ओर मुड़ जाना। अवश्य ही तुम अपने लक्ष्य की प्राप्ति कर लोगे।" भेड़िए ने एक ओर इशारा करते हुए कहा।

भेड़िए से मार्ग जानकर हातिम उसी मार्ग पर चल दिया। अभी वह एक-डेढ़ मील ही चल पाया था कि उसे एक पेड़ के नीचे बैठ जाना पड़ा।

जख्मों के कारण उसकी दोनों जाँघों में पीड़ा होने लगी थी।

अभी हातिम किसी निश्चय पर पहुँच भी नहीं पाया था कि तभी वहाँ पर रीछों का एक जोड़ा आ गया। वे रीछ हातिमताई को अपने बादशाह के पास ले गए। उनके बादशाह ने हातिम को देखकर कहा, "क्या तुम हातिम हो?"

"जी हाँ, मैं यमन देश का शाहजादा हातिम ही हूँ। मैं एक जरूरी काम से जा रहा हूँ।"

रीछों के बादशाह ने कहा, "हे हातिम! तुम्हारे यहाँ आने से मैं बहुत खुश हुआ। मेरी पुत्री तुम्हारे योग्य है, इसलिए मैं अपनी पुत्री का विवाह तुमसे करना चाहता हूँ।"

हातिम बोला, "रीछराज! आप जानवर हैं और मैं एक मानव हूँ। यह कैसे संभव हो सकता है और इस समय मैं जख्मी भी हूँ।"

"हे हातिम! तुम्हारे इन जख्मों को मैं अभी ठीक किए देता हूँ।" कहकर रीछराज ने एक अद्‌भुत जड़ी-बूटी जख्मों पर लगा दी, जिससे हातिम के गहरे जख्म तुरंत भर गए।

रीछों के बादशाह ने रीछों को संबोधित करते हुए कहा, "जाओ, मेरी पुत्री को सजाकर यहाँ ले लाओ।"

रीछों ने शीघ्र ही इस कार्य को पूरा किया। इस दृश्य को देखकर हातिम को बहुत अफसोस हुआ। वह बोला, "रीछराज, मुझे माफ करें। मैं आपकी पुत्री से विवाह नहीं कर सकता।"

रीछ बादशाह आगबबूला होते हुए बोला, "क्यों नहीं कर सकते?"

हातिम ने कहा, "मुझे एक जरूरी कार्य से शीघ्र ही आगे जाना है।"

रीछराज ने क्रोधित होकर रीछों को आदेश दिया, "ले जाओ इसे और पहाड़ की गुफा में बंद कर दो, ताकि यह उसमें से निकल न सके और वहीं खत्म हो जाए।"

तभी रीछ की बेटी ने आगे बढ़कर कहा, "पिताजी! मैं इतनी स्वार्थी नहीं हूँ, जो एक मनुष्य की बिना मरजी से उसके साथ विवाह करूँ। अतः आप इसे जाने दें।"

पुत्री की बात सुनकर रीछराज ने कहा, "यह तुम्हारी इच्छा पर निर्भर है।"

"पिताजी! ये निःसंदेह बड़े सत्यवादी हैं। अतः इन्हें जाने दिया जाए।" रीछराज की बेटी बोली।

यह सुनकर हातिम को रीछराज ने आदर के साथ विदा कर दिया।

जाते समय रीछराज की बेटी ने हातिम को उपहार-स्वरूप एक चमत्कारी मोहरा भेंट में दिया।

अब हातिम ऐसे वन में जा पहुँचा, जहाँ पर अन्न-जल का अभाव था। वह चलता रहा। शाम होते ही हातिम को एक भयानक अजगर दिखाई दिया। हातिम को बेखौफ जाते देख उस अजगर ने एक झटके के साथ जोर की साँस खींची। उसके साथ हातिमताई भी उसके पेट में चला गया। पेट में जाकर भी खुदा का धन्यवाद देते हुए वह बोला, "हे खुदा! तुमने अच्छा किया, जो इस अजगर के पेट में पहुँचा दिया। इससे कम-से-कम इसकी भूख तो मिट जाएगी, नहीं तो यह शरीर तो बेकार हो जाता।"

अजगर के पेट में हातिम को तीन दिन हो गए। हातिम ने अजगर के पेट से निकलने की बहुत कोशिश की, किंतु उसे बाहर निकलने का कोई

मार्ग दिखाई नहीं दिया।

तीन दिन अजगर के पेट में रहने के बाद भी उस पर कोई दुष्प्रभाव नहीं पड़ा, क्योंकि चलते समय रीछराज की पुत्री ने हातिम को एक मोहरा दिया था, जिसे हातिमताई ने अपनी पगड़ी के छोर में बाँध रखा था। उस मोहरे में खास बात यह थी कि उसके प्रभाव से आदमी न जल सकता था, न पानी में डूब सकता था और न ही उस पर किसी जहर का दुष्प्रभाव हो सकता था।

इस प्रकार हातिम मरा नहीं, अपितु अजगर की गंदगी में अवश्य लिपट गया।

उधर हातिम के जीवित रहने से अजगर को बड़ी तकलीफ हो रही थी। वह उसे पचा नहीं सका था इसलिए उसने उल्टी कर दी। उस उल्टी में हातिम बाहर आ गया बाहर आने पर हातिम बड़ा प्रसन्न हुआ। उसने अपने कपड़े सुखाए तथा आगे बढ़ गया। चलते-चलते हातिम एक सरोवर के समीप पहुँचा। सरोवर में स्वच्छ पानी हिलोरें मार रहा था। उसने वहीं रुककर स्नान किया तथा अपने पास रखे हुए कुछ सूखे मेवे खाए।

हातिम वहाँ से चलने वाला ही था कि उस सरोवर में एक अजीब तरह की मछली दिखाई दी। उस मछली का आधा भाग मछली का और आधा भाग स्त्री का था। उसे देखकर हातिम को बड़ा आश्चर्य हुआ।

हातिम का हाथ पकड़कर मछली पानी के अंदर अपने महल में ले

गई। वहाँ पहुँचकर मछली सुंदर युवती में बदल गई और बोली, "हे मुसाफिर! यदि तुम मेरी बात स्वीकार करोगे तो मैं तीन दिन के पश्चात् तुम्हें उसी स्थान पर पहुँचा दूँगी, जहाँ से लाई हूँ। नहीं तो तुम्हें यहीं पर अपने प्राण त्यागने पड़ेंगे। यदि तुम अपना जीवन चाहते हो तो तुम्हें मेरी बात माननी होगी।"

हातिम ने उस सुंदरी की शर्त मंजूर कर ली और तीन दिन तक उसके साथ रहा।

तीन दिन के बाद सुंदरी ने हातिमताई को तालाब के किनारे लाकर छोड़ दिया। उसके बाद हातिम अपने मार्ग पर चल दिया। चलते-चलते वह एक बहुत ही सुंदर पर्वत पर जा पहुँचा। उस पर्वत पर मेवाओं के वृक्ष, मनभावन फुलवारी तथा बहुत सुंदर मकान थे। हातिम चलते-चलते थककर चूर हो गया था, अतः वह एक मकान के पास वृक्ष की छाया में लेट गया। उसे नींद आ रही थी, उसी समय मकान का स्वामी वहाँ आ गया। उसने हातिम से पूछा, "ऐ मुसाफिर! तुम कौन हो? कहाँ से आए हो और किस काम के लिए जा रहे हो?"

हातिम बोला, "मैं यमन देश से आ रहा हूँ और दस्ते हवैदा जा रहा हूँ, यह मेरा सौभाग्य है कि मैं यहाँ आ गया और मुझे आपके दर्शन हुए।"

हातिम की बात सुनकर उस व्यक्ति ने कहा, "मुसाफिर! तू क्यों मौत के मुँह में जाना चाहता है, दस्ते हवैदा जाने का इरादा छोड़ दे।"

हातिम बोला, "मैंने खुदा की राह में कमर कसी है, अंजाम कुछ भी

हो, इसकी चिंता नहीं है। मेरे मित्र को एक शाहजादी से प्यार हो गया है। उस शाहजादी ने शादी के लिए कुछ सवाल पूछे हैं। अत: मैं उन सवालों का उत्तर ढूँढ़ने जा रहा हूँ।"

उस व्यक्ति ने हातिम की काफी तारीफ की और बोला, "ऐ हातिम! तुम धन्य हो, ईश्वर तुम्हारी सहायता करेंगे। वैसे आज तक कोई भी 'दस्ते हवैदा' से वापस नहीं लौटा। तुम मेरी बातों को ध्यान से सुनो। जब तुम 'दस्ते हवैदा' पहुँचोगे तो वहाँ पर तुम्हें अनेक परियाँ दिखाई देंगी। किंतु सावधान रहना, अपने तन और मन को वश में रखना। जैसे ही वे परियाँ तुम्हारा हाथ पकड़ेंगी, वैसे ही तुम 'दस्ते हवैदा' में पहुँच जाओगे। सात-आठ दिन तक उन परियों से कोई बात मत करना। यदि ऐसा नहीं करोगे तो तुम्हारा काम बिगड़ जाएगा। फिर हमेशा पछताना पड़ेगा।"

उस आदमी ने हातिम को भोजन कराकर विदा कर दिया।

चलते-चलते हातिम एक तालाब पर पहुँच गया। उस तालाब में से एक स्त्री बाहर निकली। वह स्त्री हातिम का हाथ पकड़कर तालाब में कूद गई।

हातिम बेचैन हो गया, परंतु जैसे ही उस स्त्री के साथ उसके पैर जमीन से टकराए, उसने स्वयं को एक हरे-भरे बाग में पाया, वहाँ पहुँचने पर वह स्त्री अदृश्य हो गई।

हातिम बगीचे में टहलने लगा, तभी वहाँ उसे सोलह सुंदर स्त्रियाँ दिखाई दीं। वे सब हातिम को अपनी ओर खींचने लगीं, परंतु उस आदमी

के कहे अनुसार हातिम ने उनकी ओर न तो देखा और न ही किसी बात का जवाब दिया।

इसके बाद उनमें से एक स्त्री हातिम को ऐसे मकान में ले गई, जो रत्नों से जड़ा हुआ था। मकान के दालान में एक रत्नजड़ित सिंहासन रखा था। हातिम सिंहासन के पास जाकर खड़ा हो गया। हातिम के खड़ा होने पर वे स्त्रियाँ, जो सुंदर परियाँ थीं, तसवीरों में समा गईं, जो उस मकान की दीवारों पर लटक रही थीं।

इस दृश्य को देखकर हातिम चौंक पड़ा। वह सोचने लगा, 'हे खुदा! यह कैसा तिलिस्म है? अभी ये परी थीं और कुछ ही क्षण में जाकर तसवीरों में समा गईं।'

तभी उसके मन में आया, 'जो होगा देखा जाएगा, क्यों न सिंहासन पर बैठकर देखूँ।' और उसने जैसे ही सिंहासन को छुआ तो एक तेज आवाज हुई। हातिम को लगा कि सिंहासन टूट गया है, लेकिन गौर से देखा तो सिंहासन टूटा नहीं था। हातिम उस पर बैठ गया। उसके बैठते ही उन तसवीरों में से चंद्रमुखी नाम की एक स्त्री सजीव होकर हातिम के सामने खड़ी हो गई। हातिम उस स्त्री पर मोहित हो गया और उससे लिपटना चाहा, लेकिन तुरंत उस व्यक्ति की बात ध्यान में आ गई।

रात के समय उस जगह पर कपूर की बत्ती खुद जल गई और वाद्य यंत्र बजने लगे।

वह सुंदरी सिंहासन के नीचे खड़ी हो गई और हातिम के सामने सूखे

मेवे रख दिए। उसने खूब मेवे खाए, फिर खुदा को याद किया, 'हे खुदा! यह कैसी माया है कि इतने मेवे खाने के बाद भी इच्छा का दमन नहीं होता।'

एकाएक हातिम ने उस सुंदरी का हाथ पकड़ा। हाथ पकड़ते ही चंद्रमुखी ने जोर से हातिम की छाती पर लात मारी। लात लगते ही वह बेहोश हो गया। होश में आने पर हातिम ने स्वयं को एक जंगल में पाया। हातिम समझ गया कि यही दस्ते हवैदा है। तभी आवाज आई, 'एक बार देखा है, दूसरी बार देखने की तमन्ना है।' यह आवाज हातिम पूरे दिन और पूरी रात में तीन बार सुनता था। सात दिन गुजर गए।

आठवें दिन हातिम आवाज की दिशा में चल पड़ा। कुछ दूर जाने के पश्चात् हातिम ने देखा, एक बूढ़ा व्यक्ति चारपाई पर बैठा है।

हातिम ने उसे सलाम किया।

बूढ़े व्यक्ति ने पूछा, "मुसाफिर! तुम कौन हो? यहाँ क्यों और किसलिए आए हो?"

हातिम बोला, "मैं जानना चाहता हूँ कि तुम जो कहते हो–'एक बार देखा है, दूसरी बार देखने की तमन्ना है।' इसका राज क्या है? तुमने कौन सी ऐसी चीज देखी है, जिसे पुनः देखने की तमन्ना है?"

यह सुनकर बूढ़ा व्यक्ति बोला, "मेरे पास बैठो।"

हातिम बैठ गया। तब बूढ़ा बताने लगा, "हे युवक! एक दिन इस इलाके में घूमता हुआ मैं एक तालाब पर पहुँच गया। तभी एक सुंदर स्त्री

उस तालाब में से निकली और मेरा हाथ पकड़कर तालाब के अंदर ले गई।"

अब हातिम सबकुछ समझ गया और वहाँ से चल दिया। वह उस आदमी के पास पहुँचा, जिसने उसे 'दस्ते हवैदा' का पता बताया था। वहाँ दो दिन रहकर रीछ की पुत्री के पास आया और उसका धन्यवाद करके शाहबाद आ गया। हुस्नबानो के नौकर उसे अपनी स्वामिनी के पास ले गए।

हुस्नबानो ने परदे के बाहर कुरसी रखवा दी। हातिम उस पर जाकर बैठ गया। तब हुस्नबानो ने पूछा, "क्या उत्तर लाए हो?"

हातिम बोला, "हे सौदागर की पुत्री! वहाँ एक बूढ़ा व्यक्ति चंद्रमुखी की मुहब्बत का सताया हुआ है। उसी के वियोग में दुःखी होकर यह आवाज लगाता है कि 'एक बार देखा है, दूसरी बार देखने की तमन्ना है।' मैंने उस बूढ़े व्यक्ति को उसकी प्यारी चंद्रमुखी से मिला भी दिया। अब यह बात वहाँ सुनाई नहीं देगी। अतः अब आप अपना दूसरा सवाल पूछें।"

हुस्नबानो ने कहा, "हातिम! कुछ दिन आराम कर लो, तब दूसरा सवाल पूछूँगी।"

हातिम ने कहा, "जब तक सातों सवालों के जवाब नहीं दे दूँगा, मुझे चैन तभी आएगा।"

तब हुस्नबानो ने हातिम से दूसरा सवाल पूछते हुए कहा, "नेकी कर,

दरिया में डाल' इसका भेद ढूँढ़कर लाओ?"

हातिम ने सौदागर की बेटी हुस्नबानो से कहा, "कुछ अता-पता तो बताओ?"

हुस्नबानो बोली, "मेरी धाय इसे उत्तर दिशा में बताती है।"

सफेद और काला साँप

3

अब हातिम खुदा को याद करके उत्तर दिशा की ओर चल दिया। चलते-चलते उसने भयानक जंगल में प्रवेश किया और वहाँ एक पेड़ के नीचे बैठ गया, तभी उसे किसी के रोने की आवाज सुनाई दी और वह उस ओर चल दिया।

उसने देखा कि एक सुंदर युवक जमीन पर बैठा रो रहा है।

हातिम ने युवक से पूछा, "तुम क्यों रो रहे हो?"

युवक ने उत्तर दिया, "मैं सौदागर हारस की पुत्री पर फिदा हूँ और उससे विवाह करना चाहता हूँ। उसकी तीन शर्तें हैं। वे शर्तें पूरी होने पर ही उससे मेरा विवाह हो सकता है। उन शर्तों को मैं पूरा नहीं कर सका और यहाँ पर पड़ा रात-दिन रोता रहता हूँ।"

युवक का इतना गहरा प्रेम देखकर हातिम के मन में दया आ गई। वह तुरंत सौदागर हारस की पुत्री से मिलने पहुँच गया। कुछ दिनों में ही उसकी सारी शर्तों को पूरा कर हातिम ने उस युवक का विवाह हारस की पुत्री से करवा दिया।

इसके बाद हातिम हुस्नबानो के दूसरे सवाल का जवाब ढूँढ़ने निकल पड़ा।

चलते-चलते हातिम एक दरिया के किनारे पहुँचा। वहाँ उसे एक

महल दिखाई दिया, जिसकी दीवार पर लिखा था, 'नेकी कर, दरिया में डाल।'

कुछ देर बाद हातिम ने महल में प्रवेश किया। उसने महल के अंदर देखा, एक बूढ़ा व्यक्ति सिंहासन पर बैठा है। वह उठकर हातिम से मिला और उसे भोजन कराया। जब हातिम भोजन कर चुका तब उसने बूढ़े व्यक्ति से पूछा, "बाबा! बाहर दीवार पर 'नेकी कर, दरिया में डाल' किसलिए लिखा गया है?'

बूढ़ा बोला, "हे युवक! मैं पहले लुटेरा था, किंतु शाम को दो रोटी घी में डुबोकर ऊपर से शक्कर डालकर इसी नदी में डाल देता था। इसके बाद कहता था कि यह कार्य हमने खुदा की राह में किया है। कुछ सालों बाद मैं बीमार हो गया और एक दिन मेरे प्राण निकल गए। तब यमराज के दूत मुझे नरक में ले गए। मुझे वहाँ देखकर धर्मराज के दूत कहने लगे, 'इसे हम नरक नही देंगे, क्योंकि यह स्वर्ग के योग्य है।' अतः वे मुझे स्वर्ग ले गए। धर्मराज ने मुझे देखते ही कहा, 'इसकी उम्र तो अभी काफी है, इसे यहाँ क्यों ले आए हो? इसी नाम का दूसरा व्यक्ति है, जाओ उसे ले आओ।'

"अब धर्मराज के दूत मुझे यहाँ पहुँचा गए और कह गए कि हम वे दो रोटी हैं, जिन्हें तू खुदा की राह में प्रतिदिन डालता था।"

"जब मुझे होश आया तब मैंने निश्चय किया कि अब मैं ऐसा कोई गुनाह नहीं करूँगा, जिससे खुदा मुझसे नाराज हो। फिर मैं प्रतिदिन की भाँति दो रोटियाँ दरिया में डालने लगा।

"इसके बाद एक दिन मुझे स्वप्न दिखाई दिया कि एक साधु मुझसे कह रहा है, 'हे खुदा के बंदे! मुझे खुदा ने हुक्म दिया है कि सौ दीनार नित्य तुझे दूँ, जिसमें से कुछ तू अपने खर्च में ले, शेष खुदा की राह में दे।' इसके बाद मेरी नींद उचट गई। तभी मैंने इस मकान का निर्माण कराया तथा उसकी दीवारों पर लिखवा दिया कि 'नेकी कर, दरिया में डाल।' सौ दीनार अब भी मुझे रोज मिलते हैं। जिन्हें मैं गरीबों में बाँटता हूँ और खुदा को याद करता रहता हूँ।"

यह सुनकर हातिम उस बूढ़े व्यक्ति के पास तीन दिन रुका और चौथे दिन वहाँ से शाहबाद की ओर चल दिया। रास्ते में एक जंगल पड़ा। जहाँ पर एक वृक्ष के नीचे एक काला साँप एक सफेद साँप को मारना चाहता था। यह देख हातिम ने ललकार लगाई तो काला साँप भयभीत होकर भाग गया तथा सफेद साँप पेड़ के नीचे ही रहा। वह पेड़ पर चढ़ गया और आदमी बन गया। सफेद साँप हातिम का शुक्रिया अदा करने लगा। हातिम आश्चर्य में पड़ गया और पूछा, "भाई, तुम कौन है?"

"मैं एक जिन्न हूँ। इस शहर का बादशाह मेरे पिता का दास है, जो अभी मुझे मार डालता। आज तुम न आते तो मेरे बचने की कोई उम्मीद न थी। मैं तुम्हारा यह अहसान जिंदगी भर नहीं भूलूँगा।"

हातिम अब शाहबाद सराय में मुनीरशामी के पास आ गया। मुनीरशामी हातिम से बड़े उत्साह से मिला। फिर हातिम हुस्नबानो से मिला।

हुस्नबानो ने हातिम से पूछा, "हे शाहजादे! मेरे सवालों का क्या जवाब लाए हो?"

हातिम ने उस बूढ़े आदमी की सारी दास्तान हुस्नबानो को सुना दी। यह सुनकर हुस्नबानो हातिम से बहुत खुश हुई और कहने लगी, "हे युवक! तेरे सिवाय ऐसा कोई नहीं है, जो इस सवाल का जवाब खोजकर ला पाता।"

तब हातिम बोला, "हे सौदागर की बेटी! तुम्हारा तीसरा सवाल क्या है?"

यह सुनकर हुस्नबानो बोली, "कोई आदमी जंगल में खड़ा कह रहा है, 'किसी के साथ बुराई न करो, जैसा करोगे वैसा भरोगे।"

हातिम इस सवाल को सुनकर उसके जवाब की खोज में चल दिया।

4

सौदागर का बेटा

साहसी हातिम खुदा का नाम लेकर आगे चलता गया और एक ऐसे स्थान पर पहुँचा, जहाँ बहुत ऊँचा पहाड़ था, जिसकी ऊँचाई का पता नहीं लगाया जा सकता था। पहाड़ के पास एक बड़ा सा पेड़ था, जिसकी डाली पकड़े एक सुंदर युवक रो रहा था और कह रहा था, "हे प्यारी! तू आ जा, नहीं तो मैं रोते-रोते दम तोड़ दूँगा।"

परोपकारी हातिम को दया आ गई, उसने युवक से पूछा, "हे युवक! तू क्यों रो रहा है?"

युवक बोला, "हे मुसाफिर! पूछकर क्या करोगे? कितने लोग आए और पूछकर चले गए, किसी से कुछ नहीं हुआ।"

हातिम बोला, "हे दोस्त! अपना दुःख तो बताओ, मैं उसे दूर करने की पूरी कोशिश करूँगा।"

युवक कहने लगा, "मैं एक सौदागर का बेटा हूँ। एक दिन अपने काफिले के साथ रूपनगर जा रहा था, लेकिन मैं उस काफिले से बिछुड़ गया और भटकता हुआ इस पेड़ के पास आ पहुँचा। यहाँ मुझे एक सुंदर परी दिखाई दी, जिसके रूप को बयाँ नहीं किया जा सकता। उसे देखते ही मैं बेहोश हो गया। जब होश आया तो देखा कि वही परी मुझे अपनी जाँघों पर लिटाकर अपने आँचल से मेरे मुँह की धूल साफ कर रही है।

उसका प्रेम देखकर मैंने पूछा, 'हे सुंदरी! तुम यहाँ अकेली क्यों घूम रही हो?'

वह बोली, 'प्रिय! मैं एक योग्य और सुंदर युवक की तलाश में थी, सो आज खुदा ने मेरी वह मुराद पूरी कर दी।'

अब मेरी खुशी का ठिकाना न रहा और वह भी आनंदित हो उठी। इसी वृक्ष के नीचे हम दोनों अपने प्यार की दुनिया में खो गए। कुछ दिनों के बाद मैंने अपनी प्रेमिका को अपने घर ले जाने की इच्छा जाहिर की। तब वह सुंदरी बोली, 'हे प्रिय! तुम जहाँ चाहे मुझे ले चलना, पर पहले मैं अपने माँ-बाप और परिवारवालों से मिल आऊँ। मैं सात दिनों के बाद लौट आऊँगी, लेकिन इस बात का ध्यान रखना कि मेरे आने से पहले यहाँ से कहीं चले गए तो जीवन भर पश्चात्ताप करोगे।'

"वह सुंदरी यह कहकर चली गई और आज तक वापस नहीं आई। उसका इंतजार करते-करते मुझे सात साल हो गए।"

यह सुनकर हातिम ने उसे धीरज बँधाया और उसकी प्रेमिका का नाम पूछा।

युवक बोला, "उसका नाम अलगन परी है। उसने यह भी बताया था कि उसके कुटुंबी अलका पर्वत पर रहते हैं।"

खुदा का नाम लेकर हातिम उस ओर चल पड़ा, जिधर अलका पर्वत था। काफी दूर चलने के बाद एक सुंदर मकान मिला। हातिम ने मकान के अंदर प्रवेश किया और आराम करने के इरादे से वहाँ लेट गया। थोड़ी

ही देर में उसे नींद आ गई।

कुछ देर बाद चार परियाँ आईं और हातिम को देखकर आश्चर्य में पड़ गईं। तभी हातिम चौंककर जागा तो एक परी ने उससे पूछा, "हे मानव! यहाँ क्यों आया है?"

हातिम बोला, "मैं यहाँ खुदा की इजाजत से आया हूँ तथा अलगन परी से मिलने के लिए मैं अलका पर्वत जा रहा हूँ।"

"अलगन परी से मिलकर तू क्या करेगा?"

हातिम ने बताया, "वह एक युवक को वचन देकर आई थी कि सात दिन में उससे आकर मिलेगी, किंतु सात साल हो गए, उसने उसे अपनी सूरत भी नहीं दिखाई है। मुझे डर है कि वह दुखिया रोते-रोते मर न जाए। इसलिए हे परियो! मैं उसे समझाने जा रहा हूँ।"

"अरे मूर्ख, तू अलका पर्वत पर उसे समझाने जा रहा है। समझ ले, वहाँ से जीवित नहीं लौटेगा।"

यह सुनकर हातिम ने कहा, "चाहे जो भी हो जाए, पर जाना तो अवश्य है।"

उसका हौसला देखकर परियाँ भी उसके साथ चल पड़ीं।

चलते-चलते सात दिन बीत गए, तब एक स्थान पर पहुँचकर परियाँ बोलीं, "हमारी सीमा यहीं तक है, हम आगे नहीं जा सकतीं। अलका पर्वत का यही मार्ग है।"

अब हातिम अकेला ही आगे बढ़ा। जब चलते-चलते एक माह बीत

गया तो एक दोराहे पर जा पहुँचा और आराम करने के इरादे से वहीं सो गया। रात में हातिम की आँख खुली तो पास के किसी गाँव से रोने की आवाज सुनाई पड़ी।

हातिम आवाज की दिशा में चल दिया। वहाँ पहुँचकर उसने देखा कि एक सुंदर व्यक्ति रो रहा है।

"हे युवक, तुम क्यों रो रहे हो?" हातिम ने पूछा।

वह युवक बोला, "यहाँ से दो कोस की दूरी पर एक दुष्ट जादूगर रहता है। उसने अपने जादू से अनेक परियों को कैद कर रखा है। वह दुष्ट जादूगर हर रात उन पर जुल्म करता है और मुझसे उनकी चीखें सुनी नहीं जातीं; इसलिए मैं रोने लगता हूँ।"

हातिम अपनी तलवार लेकर उस ओर चल दिया, जहाँ परियाँ उस दुष्ट जादूगर की कैद में थीं। हातिम ने उस जादूगर को मौत के घाट उतारकर उसकी कैद से परियों को आजाद कर दिया। इन परियों में एक परी वह भी थी, जिसका नाम अलगन था।

अलगन परी से हातिम ने उस युवक की शादी करा दी, जो पहले मिला। अब वह अपने तीसरे सवाल के उत्तर की खोज में निकल पड़ा।

अलगन परी ने अपनी जादुई शक्तियों के अनेक उपहार हातिम को दिए तथा कुछ परीजादे भी उसके साथ भेज दिए।

हातिम बोला, "मैं अहमर वन में जाऊँगा।" तब अलगन परी ने कई परीजादों के साथ हातिम को अहमर वन जाने की आज्ञा दी। अहमर वन

पहुँचने पर हातिम को यह आवाज सुनाई पड़ी, 'किसी के साथ बुराई न करो, जैसा करोगे वैसा भरोगे।'

हातिम परीजादों के साथ आवाज की दिशा में चल दिया। वहाँ जाकर हातिम ने देखा कि एक बूढ़ा आदमी एक पिंजरे में कैद है।

हातिम ने बूढ़े से कैद का कारण पूछा।

बूढ़ा व्यक्ति बोला, "मेरा नाम अहमर सौदागर है। मुझे अपने किए पर शर्म आती है। एक व्यक्ति ने मेरे साथ भलाई की थी, उसके साथ मैंने बड़ी बुराई की। वह व्यक्ति कुछ दिन पहले मेरे पास आया और कहने लगा, 'मेरे पास एक ऐसा सुरमा है, जिसके लगाने से आदमी को दिव्य दृष्टि प्राप्त हो जाती है तथा पृथ्वी के अंदर का धन दिखाई देने लगता है।'

"मैं सुरमा लगाने को उत्सुक हुआ और उसके साथ एक वन में गया। उसने मेरी दोनों आँखों में सुरमा लगा दिया, जिसके लगते ही मैं अंधा हो गया, तब उसने कहा, 'यह तेरी बुराई का फल है।'

"अब इस पिंजरे में बैठकर यह पुकार रहा हूँ कि किसी के साथ बुराई न करो, जैसा करोगे वैसा भरोगे। मैंने उससे पूछा, 'मेरी आँखों की दवा क्या है, कौन लाएगा और कहाँ मिलेगी?' तब उसने बताया कि कुछ वर्षों बाद यहाँ एक परोपकारी मनुष्य आएगा, जिसका नाम हातिम होगा। वह नूररेज घास लाकर उसका जल तेरी आँखों में डालेगा, तब तुझे दिखाई देने लगेगा। तब से आज तक मैं पिंजरे में बैठा हुआ इस वाक्य को

दोहराता रहता हूँ। खुदा के वास्ते तुम आ गए हो। हे परोपकारी मानव! मेरा दु:ख दूर कर दो।"

अब हातिम परीजादों को लेकर उस वन में गया, जहाँ नूररेज घास उगती थी।

नूररेज घास को लेकर हातिम बूढ़े व्यक्ति के पास आया और उससे बोला, "मैं नूररेज घास ले आया हूँ।"

यह जानकर बूढ़ा व्यक्ति खुश हो गया। हातिम ने नूररेज घास का रस उसकी आँखों में डाला, तो उसकी आँखें ठीक हो गईं। इसके बाद बूढ़े व्यक्ति ने हातिम को धन्यवाद दिया।

अपने सवाल का जवाब मिलते ही हातिम शाहबाद की ओर चल दिया, फिर वह मुनीरशामी से मिला तथा उसे लेकर हुस्नबानो के पास गया। हुस्नबानो ने दोनों को आदर के साथ बैठाया और पूछा, "हे हातिम! तीसरे सवाल का जवाब लाए हो?"

यह सुनकर हातिम ने अपनी तीसरी यात्रा का सारा हाल बताया तथा उस बूढ़े व्यक्ति का किस्सा भी सुनाया।

हुस्नबानो बहुत खुश हुई। सवेरा होते ही हातिम ने हुस्नबानो से कहा, "हे सौदागर की बेटी! तेरा चौथा सवाल क्या है?"

तब सौदागर की पुत्री बोली, "इसका उत्तर खोजकर लाओ कि किसने कौन सी बात सच कही है, जिसके कारण 'सत्यवादी सदा सुखी' रहता है?"

हातिम बोला, "उसका कुछ पता बताओ।"

"वह शहर करम में रहता है।" हुस्नबानो बोली।

अब हातिम चौथे सवाल का जवाब ढूँढ़ने के लिए निकल पड़ा।

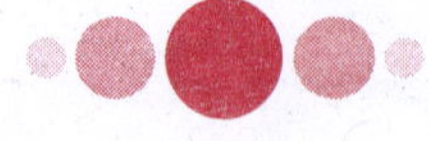

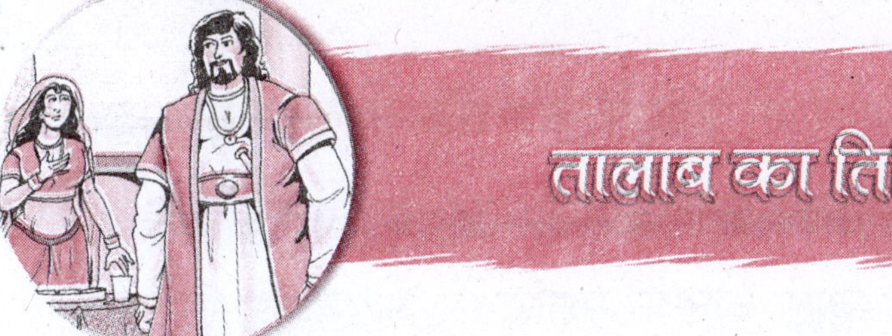

5

तालाब का तिलिस्म

परोपकारी हातिम शाहबाद से चलकर एक ऐसे स्थान पर पहुँचा, जहाँ एक विशाल पहाड़ सीना ताने खड़ा था। उसके नीचे एक नदी बह रही थी। लेकिन उस नदी में जल के स्थान पर खून बह रहा था। इसका भेद जानने के लिए हातिम जिधर से नदी बह रही थी, उसी ओर चल पड़ा। वहाँ पर सैकड़ों स्त्रियों के सिर लटक रहे थे। उसके नीचे जल से भरा तालाब था। उस तालाब में सभी सिरों से खून की बूँदें टपक रही थीं। वही खून मिला हुआ पानी नदी में जा रहा था।

हातिम इस रहस्य का पता लगाने के लिए वहीं बैठ गया। कुछ देर बाद उसने देखा कि सारे सिर पेड़ से छूट-छूटकर तालाब में गिर पड़े हैं।

इसके बाद तालाब के बीच में एक सुंदर चबूतरा दिखाई दिया। उस पर एक रत्नजड़ित सिंहासन रखा था। कई परियाँ तालाब से निकलकर चबूतरे पर आ गईं। उनकी स्वामिनी सिंहासन पर बैठ गई। स्वामिनी की खूबसूरती को देखकर हातिम मोहित हो गया। इतने में ही गंधर्व समाज की स्त्रियाँ आकर नाच-गाना करने लगीं। जब आधी रात बीत गई तो सबके सामने व्यंजनों से सजे हुए सोने-चाँदी के थाल स्वयं ही आ गए। स्वामिनी ने एक सेविका को हुक्म दिया, "जाओ, एक थाल उस पथिक को भी दे आओ, जो उस पेड़ के नीचे बैठा है।"

सेविका जब भोजन लेकर गई तो हातिम ने स्वामिनी का नाम पूछा और कहा, "नाम बताओ तभी भोजन करूँगा।"

सेविका चल दी और यह बात अपनी स्वामिनी को बताई तो वह बोली, "उससे कह देना तुम भोजन कर लो, तब नाम बता दिया जाएगा।"

अब हातिम ने खुशी-खुशी भोजन कर लिया। दूसरे दिन सुबह से पहले सभी परियाँ तालाब में कूद गईं और उनके सिर कटकर पहले की तरह पेड़ की शाखाओं पर लटक गए।

जब हातिम की दृष्टि उस मनमोहक सिर पर पड़ी तो उसका इरादा उससे विवाह करने का हुआ।

दूसरे दिन भी वही दृश्य सामने आया। जब भोजन का थाल हातिम के पास आया तो सेविका से वह दृढ़ता से बोला, "आज मैं बिना परिचय जाने भोजन बिलकुल नहीं करूँगा।"

तब सेविका ने कहा, "पहले तुम भोजन कर लो, तब मैं तुम्हें अपनी स्वामिनी के समक्ष ले चलूँगी। वे तुम्हें सबकुछ बता देंगी।"

भोजन के बाद हातिम सेविका के पीछे-पीछे चल दिया। जब वह पीछे-पीछे गया तो सेविका तालाब में कूद गई और अपनी स्वामिनी के पास चली गई। हातिम ने तालाब में गोता लगाकर आँखें खोलीं तो देखा कि वहाँ एक रेतीला मैदान है।

जब हातिम को सुंदर परी के वियोग में सात दिन बीत गए तो परमात्मा ने ख्वाजा खिजर को हुक्म दिया, "जाओ, हातिम एक स्त्री के

वियोग में पागल हो गया है। उसे होश में लाओ।"

खुदा के हुक्म पर ख्वाजा खिजर हातिम के समक्ष खड़े होकर बोले, "हातिम, तुमने अपनी यह कैसी दशा बना रखी है?"

हातिम ख्वाजा खिजर के चरणों में झुककर बोला, "गुरुदेव! इस जगह का नाम बताएँ, मैं यहाँ कैसे आ गया?"

तब ख्वाजा खिजर ने बताया कि इस वन का नाम ख्वर पुर्स है। तू उस सेविका के साथ तालाब में कूदा था, जिसकी वजह से यहाँ आ गया। वह तिलिस्मी तालाब है। उन परियों के अतिरिक्त जो भी उसमें कूदता है, वह यहाँ आ जाता है। वह जगह अब यहाँ से तीन सौ कोस दूर है।

तब हातिम बोला, "गुरुदेव! मुझे किसी प्रकार वहीं भेज दीजिए।"

ख्वाजा खिजर बोले, "अच्छा तो अपनी आँखें बंद कर।" हातिम ने ज्यों ही आँखें बंद की, त्यों ही वह उस पेड़ के नीचे आ गया और पेड़ पर चढ़ने लगा, पर ऊपर नहीं चढ़ पाया।

अब तो हातिम की दशा दयनीय हो गई। इतने में ख्वाजा खिजर फिर वहाँ आए और पूछने लगे, "अब तुम क्या चाहते हो?"

हातिम बोला, "क्या करूँ, मैं उस परी को भूल नहीं पा रहा हूँ।"

ख्वाजा ने कहा, "अच्छा तेरी यही इच्छा है तो ले।" यह कहकर अपना आसा (डंडा) उस वृक्ष पर मारा और मंत्र पढ़कर फूँक दिया तथा हातिम से कहा, "अब इस पेड़ पर चढ़ जा।"

हातिम पेड़ पर चढ़कर अपनी परी के सिर के पास पहुँच गया तो

हातिम का धड़ भी कटकर तालाब में गिर गया और सिर पेड़ पर लटकने लगा। जब रात हुई तो हातिम के सहित सभी सिर टूटकर तालाब में गिर पड़े तथा अपने धड़ों से जुड़ गए। उस रात भी वही दृश्य सामने आया जैसा प्रतिदिन होता था। आज हातिम भी सिंहासन के एक ओर हाथ बाँधे खड़ा था। तब सुंदरी ने उससे पूछा, "हे युवक, तू कौन है? तेरा नाम क्या है? यहाँ क्यों आया है और कहाँ का रहने वाला है?"

हातिम बोला, "हे सुंदरी! अधिक मत पूछो। बस इतना जान लो कि मैं तुम्हारा दास हूँ।"

अब सुंदरी ने भाँप लिया कि युवक उससे प्रेम करता है। तब चंद्रमुखी ने हातिम को अपने पास बैठाकर भोजन कराया। सवेरा होने से पूर्व ही हातिम के शीश सहित सबके शीश उस पेड़ पर जा लटके तथा रात को फिर वही दृश्य दोहराया गया।

इस प्रकार एक महीना गुजर गया।

ख्वाजा पुनः आए। उसके सिर को धड़ पर रखकर हातिम को अपने मंत्र से जीवित कर दिया और बोले, "तू इतने दिन से क्या कर रहा था?"

हातिम बोला, "मैं अपनी महबूबा को देख रहा था।" और फिर रोते-रोते कहने लगा, "अगर मेरी मुराद पूरी न हुई तो मैं प्राण त्याग दूँगा।"

यह सुनकर ख्वाजा खिजर कहने लगे, "हे हातिम! जब तक इसका पिता नहीं मरेगा, तब तक यह किसी की नहीं हो सकती। मैं तुझे एक मंत्र

सिखाता हूँ। पवित्रता से रहना तथा दिन में उपवास और रात में भोजन करना।"

ख्वाजा खिजर ने हातिम को 'इस्मे-आजम' (पवित्र-मंत्र) की शिक्षा दी और कहा, "मेरे डंडे को पकड़कर आँखें बंद कर।"

आँखें बंद करने के कुछ क्षण बाद जब हातिम ने आँखें खोलीं तो अपने को एक ऊँचे पहाड़ पर पाया। उसने आगे बढ़ना चाहा तो हातिम के पैर पत्थरों से चिपक गए, तब उसे पता चला कि यही जादूगर शाह अहमर का पर्वत है। तभी उसने 'इस्मे-आजम' का पाठ किया और आगे बढ़ने लगा।

कुछ दूरी पर उसने एक झरना देखा। हातिम ने उसमें स्नान किया और 'इस्मे-आजम' का पाठ शुरू कर दिया, जिसके प्रभाव में जितने भी मायावी पशु-पक्षी वहाँ थे, सभी गायब हो गए।

अहमर जादूगर को जब यह मालूम हुआ तो वह बहुत क्रोधित हुआ और हातिम को पकड़ने अनेक परियों को भेजा। एक हाथ में मदिरा की सुराही और दूसरे हाथ में प्याले लिये नाचती-गाती परियाँ हातिम के सामने पहुँचीं।

उन परियों में एक परी, जो जादूगर की बेटी थी, बोली, "हे प्यारे! तुझे जैसे-तैसे पाया है, ले मदिरा पी।"

हातिम जब मदिरा पीकर बेसुध हो गया तो परियाँ उसे पकड़कर अहमर के पास ले आईं और उसके हुक्म से उन्होंने हातिम को अग्निकुंड

में डाल दिया, लेकिन रीछ की बेटी के मोहरे के प्रभाव से हातिम पर आग का कोई असर नहीं हुआ। शाह अहमर जान गया कि हातिम मोहरे के प्रभाव से नहीं जला।

तब जादूगर ने पुनः एक परी बनाई, जो उसकी बेटी जैसी थी। वह उससे बोला, "उस मनुष्य के पास एक मोहरा है, जिसके कारण वह जला नहीं। तुम उसे खुश करके मोहरा ले आओ।"

सभी परियाँ हातिम के पास आईं। जादूगर की खूबसूरत नकली बेटी को देखकर हातिम पागल हो गया। कुछ समय बाद वह परी मीठी आवाज में बोली, "हे प्यारे! मैं तुम्हें कितनी प्यारी लगती हूँ?"

हातिम बोला, "प्यारी! तुम्हारे सामने तो मुझे अपने प्राण भी प्यारे नहीं हैं।"

परी ने कहा, "मैं तो तब मानूँगी, जब तुम अपना मोहरा मुझे दे दोगे।"

तब हातिम बोला, "मैं तुम्हें यह मोहरा अवश्य दूँगा।"

हातिम उसे मोहरा देने ही वाला था कि एक आवाज आई, "हे हातिम! यह मायावी सुंदरी है और ये सभी परियाँ भी मायावी हैं। इसे मोहरा मत दे, नहीं तो जान से हाथ धो बैठेगा। तुम 'इस्मे-आजम' का पाठ करो तो ये सब अभी जलकर राख हो जाएँगी।"

हातिम ने 'इस्मे-आजम' का पाठ किया तो सब मायावी परियाँ भस्म हो गईं।

यह देखकर जादूगर आग-बबूला हो गया। उसके आदेश से उसके

मायावी फरिश्तों ने हातिम को लोहे की मोटी जंजीरों से जकड़कर पत्थर के एक खंभे से बाँध दिया तथा सात दिन तक बाँधे रखा। फरिश्ते उसे घेरकर बैठे रहे, जिससे कि वह कहीं आ-जा न पाए और दो-चार दिन में वहीं भूखा-प्यासा मर जाए।

कई दिन बीत गए तो भूख की पीड़ा से व्याकुल हातिम उन फरिश्तों से बोला, "हे भाइयो! तुममें से जो कोई मुझे यहाँ से उस झरने पर पहुँचा देगा, उसको मैं यह मोहरा दूँगा।"

यह सुनकर एक फरिश्ता, जिसका नाम सप्तरक था, ने हातिम को आँखों से इशारा किया कि मैं पहुँचा दूँगा।

खुदा के रहम से उस रात सभी पहरेदारों को गहरी नींद आ गई। केवल सप्तरक फरिश्ता ही जागता रहा। अवसर देखकर वह हातिम को कंधे पर उठाकर झरने पर ले गया। वहाँ पहुँचकर हातिम ने स्नान किया, फिर इस्मे-आजम का पाठ करने लगा।

सप्तरक बोला, "ऐ भाई! अब तो मुझे मोहरा दे दो।"

तब हातिम ने कहा, "मोहरा तो मैं तुझे नहीं दूँगा। परंतु इस भलाई के बदले मैं किसी दिन शाह अहमर को मारकर तुझे यहाँ का बादशाह बना दूँगा।"

सप्तरक बोला, "मुझे बादशाह बनने की भूख नहीं है। मुझे मोहरा दे दो, नहीं तो मैं अभी तुम्हें भस्म करता हूँ।"

वह मंत्र पढ़ने लगा, पर हातिम के मंत्र के आगे उसकी एक न चली।

तब वह चुपचाप अपने साथियों में जाकर सो गया।

सवेरा होते ही हातिम को वहाँ न पाकर पहरेदार शाह अहमर के पास गए तथा सारा किस्सा कह सुनाया।

जादूगर शाह अहमर ने जादुई किताब से सारी बात मालूम की तथा अपने सेवकों से कहा, "सप्तरक को तुरंत मेरे पास लेकर लाओ।"

जब सप्तरक को मालूम हुआ कि उसके प्राण संकट में हैं तो वह भागकर हातिम की शरण में गया और बोला, "हातिम! तेरे कारण मेरा जीवन संकट में है, मेरी रक्षा कर।"

हातिम बोला, "तू मेरे पास बैठ। खुदा के रहम से तेरा बाल भी बाँका नहीं होगा।"

जब अहमर जादूगर को पता चला कि सप्तरक झरने पर हातिम की शरण में है तो उसे भस्म करने के लिए उसने मंत्र पढ़कर ज्वाला की लपटें उत्पन्न कीं, पर हातिम ने इस्मे-आजम को पढ़कर फूँक मार दी, जिससे वह ज्वाला बुझकर शांत हो गई। अब हातिम सप्तरक को साथ लेकर शाह अहमर की मायावी नगरी की ओर चल दिया।

जब शाह अहमर को पता चला कि हातिम उस पर हमला करने आ रहा है तो वह अपना मायाजाल फैलाने लगा। उसके मायाजाल से बादल गरजने लगे, बिजली कड़कने लगी और भयंकर आँधी आई, जिससे आकाश डोलने लगा।

तब हातिम ने 'इस्मे-आजम' मंत्र को पढ़कर फूँक मारी तो उसकी

संपूर्ण माया नष्ट हो गई। हातिम ने इस्मे-आजम के प्रभाव से उसके सारे मायावी जादू का दमन कर दिया। इस प्रकार शाह अहमर की सारी करामात नाकाम रही और वह उड़कर आकाश में अदृश्य हो गया।

सप्तरक ने बताया, "हातिम! अब वह अपने गुरु कमलोक के पास गया है, जो सबसे बड़ा मायावी है। उसका महल यहाँ से तीन सौ कोस दूर है।"

शाह अहमर अपने गुरु के आप पहुँचा तो उसने पूछा, "अरे अहमर, इतना परेशान क्यों है?"

शाह अहमर बोला, "गुरुदेव! एक आदमी, जिसका नाम हातिम है, उसने मेरी मायावी शक्ति को नष्ट कर दिया है। जिसके भय से मैं आपके पास आया हूँ। वह यहाँ भी मेरा पीछा नहीं छोड़ेगा।"

इतने में उन्हें सूचना मिली कि कोई दुश्मन पर्वत पर चढ़ आया है। तब कमलोक ने ऐसा मंत्र पढ़ा कि उस पहाड़ के चारों ओर अग्नि की लपटें दिखाई देने लगीं। लपटें देखकर हातिम के साथी घबराने लगे। हातिम ने सभी को धीरज बँधाया और कहा, "तुम सब खुदा को याद करो।" उसने इस्मे-आजम का मंत्र पढ़ा और आग की ओर फूँक मारी।

देखते-ही-देखते वह ज्वाला शांत हो गई। आग को शांत होते देखकर कमलोक ने पहाड़ के चारों ओर पानी-ही-पानी कर दिया। हातिम ने फिर इस्मे-आजम का मंत्र पढ़ा। सारा पानी एक ही पल में सूख गया।

इसके बाद कमलोक ने ऐसा मंत्र पढ़ा कि बड़े-बड़े पत्थरों की बारिश

होने लगी तथा रास्ता अवरुद्ध हो गया।

हातिम के 'इस्मे-आजम' के प्रभाव से सारे पत्थर वापस जाकर उसी के ऊपर पड़ने लगे।

फिर कमलोक ने मंत्रों के प्रभाव से उस पहाड़ को गायब कर दिया। हातिम ने पुनः 'इस्मे-आजम' का मंत्र पढ़ा, जिससे वह मायाजाल भी कट गया। कमलोक जब उनको रोकने में असफल रहा तो वह अपनी सेना तथा शाह अहमर को लेकर आकाश में उड़ गया। वह उस आकाश पर पहुँच गया, जो उसने पहाड़ से तीन हजार मील ऊपर बना रखा था।

उधर, जब हातिम अपने साथियों के साथ उसके शहर में पहुँचा तो उसने देखा कि वहाँ कोई भी नहीं है।

हातिम ने पूछा, "सप्तरक भाई! यहाँ के वाशिंदे कहाँ गए?"

सप्तरक बोला, "हातिम! कमलोक तुम्हारे डर से सबको साथ लेकर अपने आकाश में पहुँच गया है।"

हातिम ने फिर 'इस्मे-आजम' का जाप किया और आकाश की ओर चेहरा करके फूँक मारी। वह आकाश भी क्षण भर में खंडित होकर नीचे गिर पड़ा। तब गुरु और शिष्य एक ओर भागने लगे। हातिम ने उनका पीछा किया। अंततः वे व्याकुल हो गए और पहाड़ से गिरकर मर गए।

हातिम बोला, "ऐ सप्तरक! तुमने मुझ पर उपकार किया है, मैं शाह अहमर और कमलोक दोनों का राज्य तुम्हें सौंपता हूँ, परंतु एक बात अच्छी तरह से याद रखना, अपनी प्रजा को कभी कष्ट मत देना तथा

खुदा को याद करते रहना। मैं अब शाह अहमर की बेटी के पास जा रहा हूँ।"

खुदा को याद करते हुए हातिम उस स्थान पर पहुँच गया, लेकिन वहाँ पहले जैसा कोई नजारा नहीं था। तालाब के स्थान पर महल खड़ा था तथा महल में बहुत चहल-पहल थी।

उसी समय शाह अहमर की बेटी की एक सहेली निकलकर बाहर आई और हातिम से पूछने लगी, "तुम कौन हो?"

हातिम बोला, "एक पथिक हूँ, जो कुछ दिन तुम्हारे सिरों के साथ पेड़ पर लटक चुका हूँ। तुम शाह अहमर की बेटी को मेरे आने की खबर दे दो।"

उसने तुरंत यह सूचना जादूगर की बेटी को दी, उसने कहा, "उसे मेरे पास ले आओ।"

जब हातिम उस बेपनाह हुस्नवाली शाह अहमर की बेटी के पास पहुँचा तो उसने खुशी से हातिम को अपने पास बिठाया और बोली, "आप इतने दिन कहाँ रहे?"

हातिम ने उसे सारा हाल कह सुनाया। शाहजादी ने अपने पिता की मौत की खबर सुनी तो बहुत दुःखी हुई। दासियाँ उसे समझाने लगीं, "हे स्वामिनी! इतना शोक क्यों करती हैं? ऐसा पिता तो मरा ही अच्छा है।"

इसके बाद उसने खुशी-खुशी हातिम के साथ विवाह कर लिया।

जब पति और पत्नी पहली रात को मिले तो हातिम को एकाएक

मुनीरशामी की याद आई और सोचने लगा—धिक्कार है मुझ पर।

हातिम इस सोच में उदास खड़ा था, तभी शाह अहमर की बेटी कहने लगी, "प्रियतम! मुझमें आपको क्या दोष दिखाई दिया, जो मुझसे अलग हो गए?"

हातिम बोला, "तुम बिलकुल निर्दोष हो।" उसने पूरा हाल अपनी पत्नी को कह सुनाया, फिर समझाने लगा, "जब तक मैं मुनीरशामी के काम को पूरा नहीं कर लूँगा, तब तक तुम्हारे साथ नहीं रहूँगा। हे प्रिय! तुम मेरे पिता के पास चली जाओ, वे यमन के बादशाह हैं। मैं मुनीरशामी का कार्य पूरा करके तुम्हारे पास शीघ्र ही लौट आऊँगा।"

चंद्रमुखी को समझाकर हातिम ने अपने पिता को एक पत्र लिखा। उस पत्र को उसके हाथ में देकर बोला, "तुम मेरे मुल्क जाओ, मैं अपने काम से जा रहा हूँ।"

शाह अहमर की बेटी यमन देश की ओर चल पड़ी और हातिम शहर करम की ओर चल दिया।

शहर करम पहुँचने पर वहाँ के निवासियों से पूछा, "क्यों भाई! यहाँ कोई ऐसा आदमी रहता है जो सदा यह कहता है कि 'सत्यवादी सदा सुखी'।

शहर के लोगों ने उसका पता बता दिया। हातिम चलता हुआ एक मकान की ओर आ गया। उस मकान के द्वार पर वही वाक्य लिखा हुआ था। द्वार पर जो नौकर खड़ा था, हातिम उससे बोला, "ऐ भाई! मैं तुम्हारे स्वामी से मिलना चाहता हूँ।"

नौकर ने हातिम को स्वामी के सामने खड़ा कर दिया। उसने हातिम को आदर के साथ बैठाया और पूछा, "तुम कौन हो और यहाँ किस काम से आए हो?"

हातिम बोला, "मैं यमन देश का शाहजादा हूँ, मेरा नाम हातिम है।"

बूढ़े व्यक्ति ने पूछा, "हे हातिम! तुम क्या चाहते हो?"

हातिम बोला, "मैं यह जानना चाहता हूँ कि आपने 'सत्यवादी सदा सुखी' द्वार पर क्यों लिख रखा है?"

तब बूढ़ा आदमी बोला, "हातिम! यह शहर आठ सौ वर्ष पुराना है और मैं भी इस समय आठ सौ वर्ष का हूँ। मैं बहुत बड़ा जुआरी था, दिन-रात जुआ खेलता रहता था। एक दिन जुए में सबकुछ हार गया। तब योजना के अनुसार राजा के महल में चोरी करने गया, पहरेदार गहरी निद्रा में सो रहे थे। मैं कंबल डालकर बादशाह के शयनकक्ष में पहुँचा तथा झट से बादशाह के गले से हीरे जड़ित हार उतार लिया और महल से बाहर आकर जंगल की ओर चल दिया। वहाँ एक पेड़ के नीचे कुछ चोर बैठे चोरी का माल बाँट रहे थे, उन्होंने मुझे देखकर पूछा, 'तू यहाँ क्यों आया है?' तो मैंने चोरों से चोरी की बात बता दी और उन चोरों को हार भी दिखा दिया। तब चोर मुझसे हार छीनने के लिए मेरी ओर बढ़े। तभी जंगल में घड़घड़ाहट की आवाज हुई, जिससे पृथ्वी भी थर्रा गई। इस दृश्य को देखकर चोर डर गए और वहाँ से भाग गए। तभी एक आदमी प्रकट होकर बोला, 'तुम सच बोले हो, इसलिए यह हार मैं तुम्हें देता हूँ।

यदि तुम चोरी करना और जुआ खेलना छोड़ दोगे तो तुम्हारी आयु नौ सौ वर्ष की हो जाएगी।

"तभी से मैंने जुआ खेलना व चोरी करना छोड़ दिया और उस हार को लेकर अपने घर आ गया। मैंने रहने के लिए यह खूबसूरत मकान बनवाया। इसके बाद मैं यहाँ सुख से रहने लगा, लेकिन मेरे साथी और यहाँ के लोग मेरे शत्रु बन गए तथा बादशाह के पास जाकर मेरी शिकायत की कि इस निर्धन के पास इतना धन कहाँ से आया, जो इतना सुंदर और आलीशान मकान बनवा लिया।

बादशाह का कोतवाल मुझे पकड़कर ले गया।

दरबार में बादशाह ने पूछा, 'तू इतना धन कहाँ से लाया?'

मैंने बादशाह को सच-सच बता दिया कि मैंने उनका हार चुराया था। यह सब उसी के कारण है।

बादशाह मेरे सच बोलने से बहुत प्रसन्न हुए। उन्होंने कहा, 'तुमने सच बोला है, इसीलिए मैंने तुम्हारा अपराध क्षमा किया तथा वह सब कुछ जो तुमने चुराया था, तुम्हें दे दिया।'

"इसके अलावा बादशाह ने अपने राजकोष में से और भी बहुत सा धन दिया। फिर तो मैं ऐसा धनवान बन गया। तब से अब तक बराबर खर्च कर रहा हूँ, किंतु मेरा धन कम नहीं होता, अपितु बढ़ता ही जाता है। हे हातिमताई, तभी से मैंने अपने द्वार पर लिखवा दिया कि 'सत्यवादी सदा सुखी।'

अपनी दास्तान सुनाकर बूढ़े व्यक्ति ने हातिम को कुछ दिन अपने यहाँ रखा। फिर एक दिन शाहजादा हातिम उससे विदा लेकर चल दिया और शाहबाद पहुँच गया। हुस्नबानो के सेवक उसे बड़े आदर से अपनी स्वामिनी के पास ले गए।

हुस्नबानो ने पूछा, "हे युवक! मेरे चौथे सवाल का तुम क्या जवाब लाए हो?"

हातिम ने उस बूढ़े आदमी की सारी दास्तान कह सुनाई। जिसे सुनकर हुस्नबानो बहुत खुश हुई तथा हातिम को बहुत-बहुत धन्यवाद दिया।

अब हातिम मुनीरशामी के पास पहुँचा। मुनीरशामी ने उसे गले लगाया। हातिम ने उसे धीरज बँधाया तथा सराय में ही मुनीरशामी के साथ विश्राम किया।

अगले दिन हातिम हुस्नबानो से बोला, "हे सौदागर की पुत्री! अब बता, तेरा पाँचवाँ सवाल क्या है?"

हुस्नबानो बोली, "हे हातिम! कोहनिदा पर्वत का भेद लाकर दे कि उसमें से जो शब्द निकलता है, उसे कहने वाला कौन है?"

यह सुनकर हातिम खुदा का नाम लेकर वहाँ से चल दिया।

6

कोहनिदा का जादू

नेक और मजबूत इरादों वाला हातिम हुस्नबानो के पाँचवें सवाल का जवाब खोजने के लिए निकल पड़ा। चलते-चलते वह एक शहर में पहुँच गया। उसने देखा कि बस्ती से दूर बहुत से आदमी एक लाश को घेरे खड़े हैं तथा वहाँ खाने के व्यंजन रखे हैं। तब हातिम ने एक बूढ़े व्यक्ति से पूछा, "भाई, यहाँ क्या हो रहा है?"

बूढ़ा व्यक्ति बोला, "हे मुसाफिर! हमारे यहाँ जब कोई मरता है, तो उसे श्मशान ले जाते हैं और उसके साथ खाना भी रखते हैं, किंतु लाश को तब तक नहीं दफनाते, जब तक कोई मुसाफिर न जाए। लाश दफनाने के बाद उस मुसाफिर को खाना खिलाते हैं, फिर वहाँ उपस्थित सभी लोग खाते हैं।"

हातिम बोला, "यदि राहगीर महीना भर न आए तो लाश ऐसे ही सड़ा दोगे?"

बूढ़ा बोला, "नहीं-नहीं, सातवें दिन यहाँ कोई-न-कोई जरूर आ जाता है। यदि कोई नहीं आता है तो सारा खाना औरतों को दे देते हैं और आदमी भूखे रहकर दूसरे दिन खाना खाते हैं तथा हर दिन दान-पुण्य करते हैं।

"इसके बाद उस लाश को कब्र में बिछौने पर लिटा दिया जाता है,

तब लाश की सात बार परिक्रमा की जाती है।"

सभी लोग बाहर आ गए। उन्होंने हातिम को भोजन कराया और बाद में स्वयं भोजन किया। शेष भोजन को उन लोगों ने स्त्रियों के पास भेज दिया और हातिम को साथ लेकर नगर में आ गए।

मुखिया ने हातिम से कहा, "दो-चार दिन और ठहर जाओ।"

हातिम को एक सुंदर मकान में ठहरा दिया गया। वहाँ उसके लिए सुंदर दासियाँ खाना लाती थीं, उनमें से एक दासी हातिम को मुहब्बत के जाल में फँसाना चाहती थी, पर हातिम ने ऐसा नहीं किया। हातिम के इस कार्य की जानकारी मुखिया को हुई तो उसने हातिम का बड़ा सम्मान किया और कहने लगा, "ऐ हातिम! यदि तुम इस शहर में रहना पसंद करो तो मैं अपनी इकलौती बेटी का विवाह तुम्हारे साथ कर दूँगा।"

हातिम बोला, "मुझे एक आवश्यक कार्य है, नहीं तो मैं आपकी बात स्वीकार कर लेता।" और फिर अपना सारा भेद मुखिया को कह सुनाया।

तब मुखिया ने उसे बताया, "कोहनिदा दक्षिण दिशा में है। उसके बाईं ओर एक शहर है, जिसमें मृतकों की कोई कब्र नहीं है और न ही वहाँ किसी को मरने वाले के लिए रोते सुना गया है।"

अब हातिम ने दक्षिण दिशा की ओर प्रस्थान किया तथा काफी दिनों तक चलने के बाद उस स्थान पर पहुँच गया। वहाँ के लोगों ने हातिम से पूछा, "तुम कौन हो? कहाँ से आए हो और कहाँ जाओगे?"

हातिम बोला, "मैं एक पथिक हूँ तथा कोहनिदा जाऊँगा।"

"हे पथिक! कोहनिदा तो यहाँ से काफी दूर है और वहाँ का रास्ता भी बहुत कठिन है।" एक व्यक्ति बोला।

हातिम खुदा का नाम लेकर ग्यारह दिन बाद एक दोराहे पर पहुँचा। वह भूल से दाएँ रास्ते को छोड़कर बाईं ओर चल दिया। दो दिन बाद उसने देखा कि सामने हाथी दौड़े आ रहे हैं। भयवश हातिम एक पेड़ पर चढ़ गया। पेड़ पर चढ़कर उसने देखा कि एक छोटा सा जानवर, जिसकी आँखें दीपक की भाँति जल रही थीं, दौड़ता हुआ उसी ओर आ रहा है। वे हाथी उसी के भय से भागे चले जा रहे थे। थोड़ी ही देर में वह जानवर उसी पेड़ के नीचे आ पहुँचा, जिस पर हातिम डर के मारे चढ़कर बैठा था।

उस जानवर ने अपने मूत्र से अपनी पूँछ भिगोकर चारों ओर घुमा दी, जिस-जिस स्थान पर मूत्र की छींटें गईं, वहीं-वहीं पर आग लग गई।

हातिम ने देखा कि जिस पेड़ पर वह बैठा था, उसमें भी आग लग चुकी थी। वह उस पेड़ से कूदकर उसने निकट के एक तालाब में डुबकी लगाई।

कुछ देर बाद वह जानवर भी आग में जलकर मर गया। पहले तो हातिम ने उसके लंबे-लंबे, पैने दाँत उखाड़े और फिर उसके नाक, कान व पूँछ काटकर सब झोले में रख लिये और आगे चल दिया। दो दिन चलने के बाद हातिम एक किले में प्रवेश कर शहर में पहुँचा। वहाँ कुछ

स्त्रियों तथा पुरुषों को उसने एक बड़े कमरे में देखा, जिसमें बादशाह और कुटुंबियों के अतिरिक्त दो-चार नौकर भी थे। सब खिड़कियों में से नीचे झाँक रहे थे।

हातिम को देखकर बादशाह बोला, "मुसाफिर! तुम कौन हो? कहाँ से आए हो और कहाँ जा रहे हो?"

हातिम बोला, "मैं यमन का शाहजादा हातिम हूँ। शाहबाद से आ रहा हूँ और कोहनिदा जा रहा हूँ।"

बादशाह ने पूछा, "मुसाफिर! यहाँ से कुछ दूरी पर एक घना जंगल है, जिसमें एक ऐसा जानवर है, जिसके सामने बड़े-बड़े जानवर भी नहीं ठहरते। वह थोड़े दिन पहले यहाँ आया था। उसके डर के कारण लोग इधर-उधर छिपे हुए हैं। केवल मैं ही चार-छह कुटुंबियों के साथ यहाँ रह रहा हूँ। ईश्वर की कृपा से वह कभी किले के भीतर नहीं आया।"

बादशाह की बातें सुनकर हातिम बोला, "हे बादशाह! उस जानवर को तो मैं अभी मारकर आया हूँ।"

हातिम ने उस जानवर के दाँत, कान, नाक और पूँछ आदि दिखाए। तब बादशाह को विश्वास हो गया। बादशाह ने उसका बड़ा सत्कार किया।

अगले दिन हातिम वहाँ से विदा लेकर कोहनिदा की ओर चल दिया।

कुछ दिन के बाद वह एक शहर में जा पहुँचा। वहाँ के लोग हातिम को पकड़कर अपने बादशाह के पास ले गए।

बादशाह ने पूछा, "राहगीर! तुम कहाँ से आए हो और कहाँ जाओगे?"

हातिम बोला, "मुझे कोहनिदा जाना है। यदि कोहनिदा के विषय में कोई जानकारी हो तो मुझे बताएँ।

बादशाह बोला, "मुसाफिर! कुछ दिन यहाँ रह जाओगे तो खुद ही जान जाओगे।" बात हातिम की समझ में आ गई और वह उस नगर में रुक गया।

एक दिन दरबार में बैठे बादशाह और हातिमताई आपस में कुछ बातचीत कर रहे थे कि एकाएक जोर की आवाज सुनाई दी, 'जल्दी आ, जल्दी आ।'

यह सुनकर शहर का एक नवयुवक उस आवाज की ओर दौड़ पड़ा। उसके घरवालों ने दौड़कर उसे घेर लिया। लोगों ने देखा कि उसका मुँह लाल हो रहा था। वह कोहनिदा की ओर भागा जा रहा था, तब हातिम ने पूछा, "इस आदमी को क्या हो गया है?"

लोगों ने कहा, "उसके लिए कोहनिदा से बुलावा आया है।"

हातिम ने कुछ सोचकर उसे पकड़ लिया और पूछने लगा, "अरे भाई, तुम अपने संगे-संबंधियों को छोड़कर कहाँ जा रहे हो?"

परंतु उस युवक ने कोई उत्तर नहीं दिया और अपना हाथ छुड़ाकर पर्वत की ओर भाग गया। हातिम भी उसके पीछे दौड़ पड़ा।

देखते-ही-देखते नवयुवक और पर्वत दोनों हातिम की दृष्टि से

ओझल हो गए। हातिम निराश होकर नगर में वापस आ गया। उसने नगरवासियों से पूछा, "क्या आप लोगों को उसकी कोई चिंता नहीं है कि वह कहाँ चला गया है?"

लोगों ने बताया, "अरे भाई! यहाँ का रिवाज ऐसा नहीं है कि जाने वाले के लिए कोई आँसू बहाए।"

हातिम वहाँ कई दिनों तक रहा, उतने दिनों में पंद्रह आदमी कोहनिदा चले गए, परंतु उनमें से कोई भी वापस नहीं आया, जोकि वहाँ के विषय में कुछ बताता। ,

जिन लोगों के पास हातिम उठता-बैठता था, उनमें भी एक आदमी का नाम हातिम था। उससे हातिम की गहरी दोस्ती हो गई थी।

एक दिन उस हातिम के लिए कोहनिदा से बुलावा आया और वह भागने लगा। उसके घरवाले भी उसके पीछे भागे। हातिम ने मजबूत इरादा कर लिया था कि चाहे जो भी अंजाम हो, उसका साथ नहीं छोड़ेगा।

उसने दोनों हाथों से अपने साथी को पकड़ लिया। सब आदमी एक ओर खड़े हो गए और वह युवक तथा हातिम पहाड़ के नीचे पहुँच गए। उस हातिम ने बड़ी कोशिश की कि हातिमताई के हाथों से छूट जाए, परंतु उसे सफलता नहीं मिली। दोनों जोर लगाते हुए पहाड़ पर चढ़ गए। पहाड़ पर एक किला बना हुआ था। वे दोनों एक खिड़की से उसके अंदर चले गए।

अंदर हरी घास से भरा हुआ मैदान दिखाई दिया। कुछ आगे चलकर

बिना घास की जमीन मिली, जिसमें पाँव रखते ही वह युवक बेहोश होकर गिर पड़ा। थोड़ी देर बाद उसके प्राण निकल गए। फिर वह युवक जमीन में समा गया और वहाँ हरी घास उग आई।

अब हातिम की समझ में आ गया। उसने कोहनिदा का संदेश पा लिया है, अतः अब चलना चाहिए।

सात दिन का समय बीत जाने पर भी उसे रास्ता नहीं मिला और न ही वह खिड़की मिली, जिससे होकर वे अंदर आए थे और न ही वहाँ कोई किला दिखाई दिया। भूखा-प्यासा हातिम आगे बढ़ता चला गया और एक बहुत चौड़ी नदी पर पहुँच गया।

हातिम घबराकर बड़बड़ाने लगा, "हे खुदा! इसे कैसे पार करूँ?"

तभी एक नाव नदी किनारे आ लगी। नाव पर कोई मल्लाह नहीं था। हातिम अल्लाह की नियामत समझकर झट से उस नाव में बैठ गया। नाव पर ही एक कोने में रोटी और भुनी हुई मछली रखी थी। हातिम ने उसे खाकर अपनी भूख मिटाई।

नाव के सहारे कुछ ही समय में वह दूसरे किनारे पर पहुँच गया। हातिम उसी नगर में जाने के बारे में सोचने लगा, जहाँ से वह आया था। लेकिन कई दिन इधर-उधर भटकने पर भी उस नगर का पता नहीं चला। थोड़ी दूर पर उसे एक पर्वत दिखाई दिया। वहाँ पहुँचने में हातिम को तीन दिन लग गए। वहाँ पत्थरों के नीचे खून बह रहा था। सात दिन में हातिम उस पर्वत पर चढ़ पाया। ऊपर एक बड़ा मैदान था। वहाँ के सभी

जीव-जंतु लाल रंग के थे। हातिम छह कोस तक आगे बढ़ा तो उसे खून की महानदी मिली। महानदी के जलचर भी लाल रंग के थे। हातिम जा तो रहा था किसी घाट की तलाश में, परंतु उस महानदी के अतिरिक्त वहाँ कुछ नहीं था।

दुःखी होकर वह कहने लगा, 'हे खुदा, लगता है कि मेरी मौत ही मुझे यहाँ खींच लाई है, किंतु भलाई के लिए मरना पड़े तो अच्छा है, इसलिए मैं खुश हूँ।'

इतने में एक नाव किनारे आती दिखाई दी। हातिमताई ने खुदा का शुक्रिया अदा किया और उस नाव पर सवार हो गया। नाव में भोजन भी था, जिसे उसने खा लिया। नाव में बैठे-बैठे हातिमताई को नींद आ गई।

कुछ दिन बाद हवा के सहारे नाव दूसरे किनारे पर पहुँच गई। हातिम नाव से उतरा और चलना शुरू कर दिया। उसे फिर एक नदी मिली, जिसमें चाँदी जैसा सफेद पानी बह रहा था। हातिम को पानी पीने की इच्छा हुई, पर जैसे ही पानी में हाथ डाला तो उसका वह हाथ चाँदी का हो गया।

हातिम ने पूरी कोशिश कर ली पर हाथ पहले जैसा नहीं हुआ। इसी बीच एक नाव किनारे पर आ गई, जिस पर बैठकर हातिम दूसरे किनारे पर पहुँच गया और अपने हाथ को देखता हुआ एक पहाड़ की ओर चल दिया। उस पहाड़ की तलहटी में कई प्रकार के अनमोल रत्न पड़े थे। उनमें से बड़े-बड़े रत्न हातिम ने उठाकर अपने थैले में रख लिये और

आगे तालाब में हाथ-पाँव धोने लगा। तालाब में हाथ धोने से उसका हाथ ठीक हो गया, केवल नाखून चाँदी के ही रहे।

हातिम नदी किनारे बैठ गया। रात हो गई। तभी दो विचित्र प्राणी दिखाई दिए, जिनके सिर आदमी के समान, पैर हाथी के समान तथा नाखून शेर जैसे थे। उन्हें देखकर हातिम डर गया। वे दोनों बोले, "हे हातिम! तू डर मत, तू जिन अमूल्य रत्नों को उठाकर लाया है, उन्हें हमें दे दे, क्योंकि वे रत्न इनसानों के लिए नहीं हैं, परीजादों के लिए हैं।"

"मैंने वे रत्न लोभवश नहीं उठाए हैं। मैं तो केवल इसलिए उठा लाया हूँ कि लोगों को दिखाऊँगा कि खुदा ने अपने संसार में कैसी-कैसी अनमोल वस्तुएँ बनाई हैं। उन्हें देखकर लोग खुदा का गुणगान करेंगे।"

हातिमताई ने सभी रत्नों को थैले से निकालकर उनके सामने रख दिया। उन्होंने एक रत्न, जो सबसे बड़ा था, हातिमताई को दे दिया और बोले, "यह रत्न सबसे अमूल्य है, इसे ले जाकर लोगों को दिखाना।"

हातिम बोला, "तुम अब मुझे अपने देश जाने का रास्ता बता दो।"

वे दोनों बोले, "यहाँ से थोड़ा आगे जाने के बाद तुम्हें जवाहरात और आग की नदियाँ मिलेगी। यदि तुम उन्हें पार कर गए तो अपने देश पहुँच जाओगे। हे हातिम, किसी भी वस्तु को लोभवश हाथ मत लगाना, नहीं तो मुसीबत में पड़ जाओगे।"

कुछ दूर जाने के बाद हातिम को नदी में बेशुमार मोती पड़े दिखाई दिए। उस नदी का पानी दूध की तरह सफेद था। हातिम उस नदी को पार

करके आगे बढ़ा तो सोने का एक पर्वत दिखाई दिया। उसके दूसरे सिरे पर एक बड़ा मैदान था, जिसकी जमीन भी सोने की थी। हातिम को वहाँ एक महल भी दिखाई दिया, जिसका द्वार खुला हुआ था। हातिम ने महल में प्रवेश किया। वहाँ एक बगीचा नजर आया। बगीचे में साफ पानी से भरी हुई एक हौज थी। हातिम सोचने लगा, 'हे खुदा! यह किसका बगीचा है।'

तभी महल में कुछ परियों ने प्रवेश किया। वे सब हातिमताई को देखकर आश्चर्यचकित रह गईं। थोड़ी देर बाद वहाँ नोशलब नाम की एक परी आ गई। उसकी सुंदरता को देखकर हातिम बेहोश हो गया। होश में आने पर नोशबल परी ने पूछा, "हे पथिक! यहाँ क्यों आए हो? अपना नाम और काम बताओ?"

हातिमताई ने परी को सबकुछ बता दिया। फिर बोला, "हे सुंदरी! अब तुम भी बता दो कि तुम्हारा नाम क्या है और इस बगीचे का मालिक कौन है?"

तब नोशलब परी ने बताया, "हे यमन के शाहजादे! इस पर्वत का नाम कोहजर्दा है तथा यह महल और बगीचा राजा शोहपाता का है। उनकी बेटी का नाम आशा है। आशा की छह दासियाँ हैं। उन्हीं दासियों में से मैं एक हूँ।

हातिम को नोशबल ने चार दिन अपने पास रखा और उसका बड़ा आदर किया।

अब हातिम वहाँ से आगे बढ़ा। मार्ग में एक जंगल पड़ा, उसमें उसे एक नदी मिली, जिसका जल पिघले हुए सोने जैसा था। हातिम कहने लगा, 'हे खुदा! इसे कैसे पार करूँ?'

तभी एक सुंदर नाव उसके किनारे आ लगी। हातिम उस पर चढ़ गया और कुछ ही देर में नदी के उस पार पहुँच गया।

चलते-चलते हातिम एक ऐसे स्थान पर पहुँचा, जहाँ पर पत्थर अंगारों की भाँति दहक रहे थे। प्रचंड गरमी से हातिम का पूरा शरीर जलने लगा।

हातिम सोचने लगा, 'यहाँ से जिंदा बचना मुश्किल है।' तभी वे फरिश्ते आ गए, जो उसे पहल-पहल मिले थे।

उन फरिश्तों ने हातिम को एक मोहरा दिया और कहा, "इस मोहरे को मुँह में दबाकर चले जाओ। इसके प्रभाव से यह आग तुम्हें ऐसी लगेगी, जैसे ठंडा पानी। लेकिन जब तुम नदी पार कर लो तो मोहरे को वहीं पर डाल देना। यहाँ से आग थोड़ी दूर तक ही है।" यह कहकर दोनों फरिश्ते गायब हो गए।

मोहरे के प्रभाव से आग भी हातिम को ठंडी लगने लगी। उसने आग की नदी भी पार कर ली।

थोड़ी दूर चलने के बाद मार्ग में एक घंना जंगल पड़ा। जंगल में किसान की एक झोंपड़ी दिखाई दी। हातिम ने वहाँ जाकर किसान से पूछा, "भाई! यह कौन सा देश है?"

किसान एकदम चौंककर बोला, "मुझे तुम हातिम मालूम होते हो।"

हातिम बोला, "तुमने कैसे जाना कि मैं हातिम हूँ?"

तब किसान बोला, "इस देश का नाम यमन है और यहाँ शाहजादे का नाम हातिम है। आप सात साल से दूसरों के कार्यों के लिए घूम रहे हैं।"

यह सुनकर हातिम बोला, "भइया! मैं हातिम नहीं हूँ, परंतु एक बार मैं उससे मिला जरूर था। बादशाह को यह खबर दे देना कि हातिम शीघ्र ही अपने वतन लौटेगा।" अब हातिम ने शाहबाद की ओर प्रस्थान किया और कुछ ही दिनों में वह हुस्नबानो के पास पहुँच गया।

हातिम ने हुस्नबानो से अपनी यात्रा का पूरा हाल कह सुनाया और वह अनमोल रत्न भी दिखाया, ताकि उसे यकीन हो जाए। हातिम ने अपने नाखून भी दिखाए, जो चाँदी के हो गए थे।

हुस्नबानो ने तहेदिल से उसकी प्रशंसा की। हातिम वहाँ से चलकर मुनीरशामी के पास सराय में आया और उसे सारा हाल बताया। इस बार हातिम करीब दस-बारह दिन मुनीरशामी के पास ठहरा, फिर एक दिन हुस्नबानो के पास आया और बोला, "हे सौदागर की बेटी! अब तुम अपना छठा सवाल बताओ।"

हुस्नबानो ने छठा सवाल बताया, "जलमुर्गी के अंडे के बराबर एक मोती मेरे पास है। ऐसा ही दूसरा मोती लाकर दो।"

हातिम बोला, "आप जरा उस मोती को मुझे दिखाइए, ताकि मैं वैसा ही दूसरा मोती ला सकूँ।"

यह सुनकर सौदागर की बेटी ने हातिम को जलमुर्गी के अंडे के

समान मोती दिखा दिया। तब हातिम बोला, “हे हुस्नबानो! इसके बराबर एक चाँदी का मोती बनवा दीजिए, ताकि खुदा की मेहरबानी से मैं वैसा ही मोती ला सकूँ।”

हुस्नबानो ने चाँदी का मोती बनवाकर दे दिया और हातिम उस मोती को लेकर फिर चल पड़ा।

7 तिलिस्मी फरिश्ते

शाहबाद से पाँच कोस दूर आने पर हातिम एक शिला पर बैठ गया और सोचने लगा कि जलमुर्गी के अंडे के बराबर मोती कहाँ से लाऊँ? यही सोचते हुए शाम हो गई; तभी दो सतरंगी पक्षी वहाँ आए, जो तोता और तोती थे। पक्षियों ने हातिम को देखा तो तोती बोली, "यह सिर झुकाए कौन बैठा है?"

तोता बोला, "प्रिय! यह यमन का शाहजादा हातिम है, यह जलमुर्गी के अंडे के बराबर मोती की खोज में जा रहा है।"

तोती ने पूछा, "यह ऐसे मोती का क्या करेगा?"

तोता बोला, "हे प्राण प्यारी! तीस साल पहले कहरमान नदी के किनारे पक्षी के अंडे जितने बड़े मोती मिलते थे। उनमें से एक मोती उसमाह के हाथ लग गया था। उसने एक शहर भी बसाया था। शहर तो उजड़ गया, परंतु उसका खजाना हुस्नबानो के हाथ लग गया। खजाने में जलमुर्गी के अंडे के बराबर एक मोती था। वैसा ही दूसरा मोती उसने हातिम से लाने के लिए कहा है।"

तोती ने पूछा, "प्रियतम! ऐसा मोती कहाँ मिलेगा?"

तोता बोला, "प्राणप्रिये! जमजाक नामक एक बादशाह थे। उनकी मृत्यु के पश्चात् उनका देश दूसरे बादशाह के अधीन हो गया। जमजाक

की मलिका जंगल में चली गई। वह कहरमान नदी के तट पर बैठी विलाप कर रही थी कि तभी वहाँ मसऊद नाम का सौदागर आया। उसे मलिका पर दया आ गई। वह उसे अपने साथ ले गया और अपनी बेटी की भाँति रखने लगा।

"मसऊद के मरने के बाद बारजख का सौदागर उसकी दौलत का स्वामी हो गया और बादशाह बन गया।"

तोता रुककर बोला, "अब वह मोती मनुष्य और परी की संतान महायार सुलेमानी के पास है, जो बारजख द्वीप का बादशाह है। उसकी एक कन्या चंद्रमुखी है। उसने दृढ़ संकल्प किया है कि वह मोती उसी को देगी, जो मोती की उत्पत्ति बता देगा। इस मोती की उत्पत्ति का भेद बादशाह जानता है।"

"मैंने इस अंडे का किस्सा इसलिए बताया है, क्योंकि हातिमताई किसी की भलाई करना चाहता है।"

तोती बोली, "लेकिन हातिमताई कहरमान नदी तक कैसे पहुँचेगा? वह स्थान तो फरिश्तों का नगर है।"

तब तोते ने कहा, "यदि हातिमताई हमारे लाल पंखों की राख को पानी में घोलकर अपने शरीर पर लेप लगा ले तो कोई जंगली जानवर उसके पास नहीं आएगा और उसकी सूरत भी फरिश्तों जैसी हो जाएगी। और जब वह बारजख द्वीप की जमीन पर पहुँचे तो हमारे सफेद पंख की राख को पानी में घोलकर शरीर पर लगा ले तो उसे वहाँ भी कोई मुसीबत

नहीं आएगी। स्नान करके वह फिर से पहले जैसा हो जाएगा। जब वह असली सूरत में आ जाएगा, तब वहाँ के लोग उसे पकड़कर बादशाह के पास ले जाएँगे और जब महायार इस मोती की उत्पत्ति के बारे में पूछे तो वह यही बता दे, जिसे जानकर वह अपनी बेटी का विवाह भी उससे कर देगा और मोती भी दे देगा।"

हातिम की मदद के लिए तोते ने अपने पंख फड़फड़ाए, जिससे बहुत से पंख जमीन पर गिर पड़े। हातिम ने पंख उठा लिये और दोनों पक्षियों को धन्यवाद दिया।

प्रातः हातिम वहाँ से आगे चल पड़ा।

चलते-चलते हातिम थक गया था। उसे प्यास भी लग आई, लेकिन वहाँ पानी की कहीं बूँद तक नहीं दिखाई दे रही थी। हातिम प्यास से बेहाल चारों ओर देख रहा था। तभी वहाँ कोई सफेद चमकदार वस्तु दिखाई दी। हातिम समझा, शायद किसी गड्ढे में पानी भरा है। जब निकट पहुँचा तो देखा कि एक सफेद सर्प कुंडली मारे बैठा है।

सर्प बोला, "हे हातिम! मैं कई वर्षों से तुम्हारी प्रतीक्षा कर रहा था।" यह कहकर वह एक ओर चल दिया। हातिम भी उसके पीछे-पीछे चल दिया। कुछ दूर जाने के बाद वे एक समतल मैदान में पहुँचे। वहाँ साफ जल का एक बड़ा सुंदर तालाब था।

वहाँ पहुँचकर सर्प ने हातिम से कहा, "हे हातिम! तुम कुछ देर यहाँ रुको, मैं अभी आता हूँ।"

थोड़ी देर बाद उस तालाब में से रत्नों के थाल लिये हुए कुछ व्यक्ति निकले तथा हातिम से बोले, "हमारे स्वामी की भेंट स्वीकार कीजिए।"

हातिम बोला, "भाई! मैं रत्नों का भूखा नहीं हूँ। मुझे यह बताओ कि तुम्हारा स्वामी कहाँ है?"

इतने में एक सुंदर युवक चालीस परीजादों के साथ तालाब से निकला। जिसे देखकर हातिम समझ गया कि वह कौन है। उस युवक ने बड़े प्यार से हातिम का हाथ पकड़कर अपने पास के सिंहासन पर बैठाया।

हातिम बोला, "हे मित्र! अभी तुम सर्प थे और अब मनुष्य के रूप में आ गए हो, इसका क्या भेद है?"

वह बोला, "पहले भोजन कर लो, बाद में तुम्हें यह भेद भी बता दूँगा।"

भोजन के बाद उस फरिश्ते ने हातिम को बताना शुरू किया, "हे हातिम! मैं परीजादों में पैदा हुआ था, मेरा नाम शमशाह है। एक बार मैं अपने बाग में टहल रहा था तो मैंने सोचा, जहाँ मानव रहते हैं, वह स्थान अत्यंत सुंदर होगा। क्यों न मैं उन पर चढ़ाई कर दूँ और अपना अधिकार जमा लूँ। अतः मैंने अपनी सेना को मानवों के देश पर अधिकार जमाने का हुक्म दे दिया।

"प्रातः काल होने पर देखा कि मैं सर्प हूँ और मेरी संपूर्ण सेना भी सर्प बन गई है। तब मैं रो-रोकर खुदा से दुआ करने लगा। तभी आवाज आई,

जो भी अपने स्वामी की आज्ञा का पालन नहीं करेगा, उसे ऐसा ही दंड भोगना पड़ेगा।' मैंने फिर खुदा को याद किया तो आकाश में यह सुनाई पड़ा, 'कुछ वर्षों बाद तीस वर्ष का एक युवक आएगा, जिसका नाम हातिम होगा। उसे देखते ही तुम अपने असली रूप में आ जाओगे।' इसलिए मैंने तुम्हारी तन-मन-धन से सेवा की है।"

बादशाह शमशाह ने पूछा, "हे हातिम! अब तुम बताओ, कहाँ जाना चाहते हो?"

हातिम ने सौदागर की बेटी और मुनीरशामी का किस्सा बताया और मोती दिखाते हुए बोला, "इस मोती के बराबर मोती लेने बारजख द्वीप जाऊँगा।"

बादशाह बोला, "हे हातिम! उस मोती को वही आदमी पा सकता है, जो उसकी उत्पत्ति की कहानी बता देगा। उसी के साथ बादशाह अपनी बेटी का विवाह करेगा।"

शमशाह ने परीजादों को हुक्म दिया, "जाओ, इन्हें बारजख द्वीप पहुँचा आओ।"

और फिर सात परीजाद हातिम को लेकर चल दिए।

तीन दिन, तीन रातें वे निरंतर चलते रहे और चौथे दिन एक पेड़ के नीचे बैठ गए। उनमें से पाँच परीजादे तो किसी जलाशय से पानी पीने चले गए तथा दो हातिम के पास रह गए।

तभी वहाँ कुछ फरिश्ते आ गए और उन्होंने उन पर धावा बोल दिया।

वे फरिश्ते हातिम तथा एक परीजाद को पकड़कर अपने बादशाह के पास ले गए।

बादशाह क्रोधित हुआ और बोला, "अरे मूर्ख, तुम इस मानव को कहाँ ले जा रहे थे?"

परीजाद ने कहा, "यह मानव हमारे बादशाह का सच्चा मित्र है। बादशाह की आज्ञा से हम इन्हें बारजख के टापू पर पहुँचाने जा रहे हैं। आपके फरिश्ते हमें यहाँ पर पकड़ लाए। इन्होंने मेरे एक साथी को घायल भी कर दिया है।"

उधर जब वे पाँचों परीजाद वहाँ आए तो देखा कि न तो वहाँ हातिम था और न परीजाद। हाँ, एक परीजाद घायल पड़ा था। उन्होंने पूछा, "क्यों भाई! ये सब कैसे हुआ?"

वह परीजाद जैसे-तैसे बोला, "हातिम और परीजाद को लेकर कुछ फरिश्ते बादशाह के पास गए हैं।"

परीजादों ने जब शमशाह को यह समाचार दिया तो वह आगबबूला हो गया। तीस हजार परीजादों को लेकर वह फरिश्तों के देश पर आ डटा और अपने परीजादों को हुक्म दिया कि तुरंत फरिश्तों के बादशाह को पकड़कर लाएँ।

परीजादों की सेना फरिश्तों पर टूट पड़ी। उनके सामने एक फरिश्ता भी ठहर न सका। बादशाह मुफरनिस पकड़ा गया। उसे बादशाह शहशाह के सामने लाया गया।

उसे देखकर शमशाह ने कहा, "क्यों रे मूर्ख! बादशाह! तुमने मेरे मित्र को पकड़ने की हिम्मत की। उसे जल्दी आजाद करो, नहीं तो तुम्हारी मौत निश्चित है।"

मुफरनिस बोला, "अब मैं उसे कहाँ से लाऊँ? उसे तो मैंने मार दिया है।"

यह सुनकर शमशाह ने परीजादों को हुक्म दिया, "इसकी चिता बनाओ और इसे उसमें डालकर आग लगा दो।"

तब मुफरनिस बोला, "नहीं-नहीं, मुझे माफ कर दो, मैं अभी उसे आपके सामने लाता हूँ, परंतु आप हजरत सुलेमान की कसम खाकर कहें कि मुझे आपने माफ कर दिया है।"

शमशाह बोला, "ठीक है, मैं हजरत सुलेमान की कसम खाकर कहता हूँ कि तुम्हारा गुनाह माफ कर दूँगा।"

अब मुफरनिस ने अपने फरिश्तों को हुक्म दिया कि उन दोनों को ले आओ। फरिश्ते गए और दोनों को ले आए। शमशाह ने हातिम को आदर के साथ अपने पास बैठाया तथा परीजादों से बोला, "अब क्या देर है? इस बेईमान मुफरनिस तथा इसके फरिश्तों को जलाकर राख कर दो।"

यह सुनकर मुफरनिस बोला, "हे बादशाह शमशाह! तुमने हजरत सुलेमान की कसम खाई थी कि मेरा गुनाह माफ कर दोगे, पर आप धोखा दे रहे हैं।"

शमशाह बोला, "हे मुफरनिस! तुम परमात्मा को धोखा देते हो, मैंने

तुम्हें धोखा दिया तो क्या बुरा किया है?" अब परीजादों ने बादशाह के हुक्म से मुफरनिस तथा उसके फरिश्तों को आग में डाल दिया। देखते-ही-देखते वे सब जलकर राख हो गए।

शमशाह ने अपने भाई को वहाँ का बादशाह बना दिया तथा परीजादों को आदेश दिया कि वे हातिम को बारजख द्वीप पहुँचा आएँ।

परीजादों ने हातिम को उड़नखटोले पर बैठाया और तूफान नामक पहाड़ पर पहुँचे। पहाड़ पर किसी के रोने की आवाज आई। हातिम ने परीजादों से कहा, "हे भाई! तुम जरा ठहरो, मैं इस व्यक्ति को देखता हूँ।" हातिम उस स्थान की ओर चल दिया। उसने देखा कि एक सुंदर परीजाद नीचे की ओर मुँह किए रो रहा है। हातिम ने उससे रोने का कारण पूछा।

वह बोला, "तुम यहाँ क्यों आए हो?"

हातिम बोला, "मैं बारजख द्वीप के बादशाह के पास जा रहा हूँ। मुझे जलमुर्गी के अंडे के बराबर का मोती चाहिए, जो उसी के पास है।"

यह सुनकर वह हँसा और बोला, "वह मोती तुम्हें नहीं मिल सकता।"

हातिम बोला, "जो होगा सो देखा जाएगा, तुम अपने रोने का कारण बताओ।"

उसने बताया, "ऐ मानव! मैं तूफान पर्वत के बादशाह महरूर का पुत्र हूँ। मेरा नाम महराब है। मैंने बारजख द्वीप के बादशाह की बेटी की बहुत प्रशंसा सुनी थी। मैं वहाँ जाकर उससे मिला था। वह मुझे मोती दिखाकर

बोला, 'यदि मेरी पुत्री को चाहते हो, तो इसकी उत्पत्ति की कहानी बताओ और फिर उसे ले जाओ।'

"यह सुनकर मैं चुप रह गया। अब मैं उसके वियोग में दिन-रात बिता रहा हूँ।"

हातिम बोला, "तुम धीरज रखो, मुझे उस मोती के उत्पत्ति की जानकारी है। तुम मेरे साथ चलो, मैं उस मोती को ला दूँगा तथा तुम्हारी महबूबा तुम्हें सौंप दूँगा।"

उड़नखटोले के समीप जाकर हातिम ने परीजादों से पूछा, "क्यों भाइयो! क्या उड़नखटोले में दो आदमी बैठ सकते हैं?"

परीजाद बोले, "अवश्य बैठ सकते हैं।"

तब दोनों उड़नखटोले में बैठकर उड़ चले।

मार्ग में महाकाल देव का बाग पड़ा। महाकाल ने उड़नखटोले को पकड़वा लिया। जब परीजाद महाकाल देव के समक्ष आए तो उसने पूछा, "तुम लोग कहाँ जा रहे हो?"

एक परीजाद ने कहा, "हम लोग बादशाह शमशाह के हुक्म से बारजख द्वीप पर जा रहे हैं।"

"तुम मुझे धोखा देना चाहते हो। काफी समय पूर्व शमशाह अपनी सेना के साथ सर्प बन गया था।"

परीजाद बोले, "आप सही कह रहे हैं, परंतु इस आदमी ने खुदा से दुआ करके उन्हें पहले जैसे रूप में बदल दिया है।"

महाकाल ने पूछा, "ये परीजाद कौन हैं?"

परीजाद ने खुद बताया, "मैं महरूर बादशाह का बेटा हूँ।"

महाकाल बोला, "सुलेमान के घराने के कारण मैं तुझे छोड़ रहा हूँ, परंतु इस आदमी को नहीं छोड़ूँगा।"

मेहराब उन चारों परीजादों को साथ लेकर उड़ गया। आपस में सलाह की कि जब रात के समय सभी गुलाम सो जाएँगे, तब हम अपने साथी को ले आएँगे।

जब रात हुई तो सभी गहरी निद्रा में सो गए तब परीजाद हातिम को उड़न-खटोले में डालकर उड़ गए।

जब सुबह हुई तो महाकाल ने हातिम को वहाँ नहीं पाया, वह आगबबूला हो गया और अपने गुलाम को उसे ढूँढ़ने का आदेश दिया।

हातिम और सभी परीजाद एक नदी के किनारे पहुँचकर विश्राम कर रहे थे। तभी महाकाल का एक गुलाम उन्हें ढूँढ़ता हुआ वहाँ आ गया। उसने हातिम को पहचान लिया और अपने साथ ले जाना चाहा। तभी मेहराब ने सिर पर हाथ मारकर उसे अचेत कर दिया।

कुछ देर बाद जब गुलाम को होश आया तो मेहराब बोला, "जा, वापस चला जा, और अपने बादशाह से कहना कि लौटने पर मैं उसे भी समझूँगा।"

गुलाम वापस महाकाल के पास चल दिया।

उड़नखटोले में बैठकर सभी एक वन में पहुँचे तो परीजादों ने आगे न

जाने की विनती की। हातिम व मेहराब नीचे उतर गए।

हातिम और मेहराब कुछ दिनों के बाद कहरनाम सागर पर पहुँचे। सागर विशाल था। उसे पार करने के लिए मेहराब शमशाह के पास जाकर उससे दो दरियाई घोड़े लेकर आया तथा हातिम से बोला, "आओ दोस्त! अपने घोड़े पर बैठो।" दोनों घोड़ों पर सवार होकर चार दिन बाद सागर के पार पहुँचे।

हातिम ने पूछा, "क्यों भाई! अब हमारी मंजिल कितनी दूर है?"

मेहराब बोला, "दोस्त! तीन दिन का मार्ग और तय करना है।" मेहराब ने अब तक हातिम से उसका परिचय भी प्राप्त नहीं किया था, अतः उसने हातिम से पूछा, "आप मुझे अपना भी तो परिचय बताएँ।"

हातिम ने अपना परिचय बताने के बाद मुनीरशामी एवं हुस्नबानो की कहानी सुनाई और बोला, "उस मोती की उत्पत्ति की जानकारी मुझे एक पक्षी से मिली थी।"

अब मेहराब ने परोपकारी हातिम से कहा, "दोस्त! मेरा नगर यहाँ से कुछ ही दूरी पर है। मैं अपने नगर से कुछ फौज लेकर आता हूँ।"

हातिम बोला, "जल्दी आना।"

मेहराब जब अपने नगर में पहुँचा तो उसके माता-पिता बहुत खुश हुए और बोले, "बेटे! क्या तुम महायार की बेटी को ले आए?"

उसने कहा, "पिताजी! खुदा की मेहरबानी रही तो एक दोस्त के सहयोग से उसे भी ले आऊँगा।" उसने पिछला सारा हाल बताया।

समाचार जानकर उसके पिता बोले, "बेटे! अब तुम्हारी क्या इच्छा है?"

मेहराब बोला, "मुझे कुछ सेना चाहिए, जिसे साथ लेकर मैं महायार के नगर में जाऊँ और महायार की बेटी से विवाह करके उसे साथ ले आऊँ।"

मेहराब के पिता ने उसे अपनी फौज दे दी। फौज को देखकर हातिम प्रसन्न हुआ और महायार के नगर की ओर चल दिया। वे लोग जब नगर के करीब पहुँचे तो मेहराब ने अपने एक गुलाम द्वारा महायार को सूचना भेजी कि वे उससे मिलना चाहते हैं।

महायार ने उनकी खूब खातिर की तथा मेहराब से पूछा, "तुम तो यहाँ एक बार आ चुके हो, दोबारा आने का क्या कारण है?"

मेहराब बोला, "ये यमन के शाहजादे हैं, इनको आपसे मिलने की बड़ी तमन्ना थी, इसलिए मैं इन्हें अपने साथ ले आया हूँ।"

यह जानकर महायार अति प्रसन्न हुआ।

हातिम ने थैले से चाँदी का मोती निकालकर उसे दिखाया और बोला, "मैं इसी आकार के एक मोती की खोज में आया हूँ, कृपया वह मोती आप मुझे दे दें।"

यह सुनकर बादशाह बोला, "उस मोती को पाना बहुत कठिन है। वह मोती और मेरी बेटी उसी आदमी को मिलेंगे, जो उस मोती की उत्पत्ति की कथा ठीक-ठीक सुनाएगा।"

हातिम बोला, "मैं बता सकता हूँ। पर मुझे तो केवल मोती चाहिए, आप अपनी पुत्री को किसी को भी दे सकते हैं।"

महायार ने कहा, "मैं आपको ही दूँगा, आप चाहें तो किसी को भी दे देना।"

हातिम ने मोती की उत्पत्ति की कथा सुनाई तथा महायार की पुत्री का विवाह मेहराब के साथ करा दिया।

मोती, मेहराब, उसकी पत्नी और फौज के साथ हातिम वापस कई दिनों बाद कहरमान के पास पहुँचा।

बादशाह ने उन लोगों की बड़ी आवभगत की और पूछा, "शाहजादे! तुम हातिम को सम्मानपूर्वक मेरे पास लाए हो, इसके बदले मैं तुम्हें क्या दे सकता हूँ?"

मेहराब बोला, "मेरे ऊपर आपका और आपके शाहजादे का बहुत बड़ा उपकार है।"

यह सुनकर बादशाह फूले नहीं समाए और कई रोज तक उनकी खूब आवभगत की, तत्पश्चात् मेहराब को विदा किया।

बादशाह ने हातिम को अपने चार परीजादों के साथ उड़नखटोले पर बैठाया। उन्होंने एक दिन और एक रात में उसे शाहबाद के समीप पहुँचा दिया। हातिम ने उन परीजादों को वापस लौटा दिया और खुद शहर में चला गया। हातिम के आने का समाचार पाकर हुस्नबानो के नौकरों ने अपनी स्वामिनी को बताया।

सौदागर की बेटी ने सुनते ही तत्काल हुक्म दिया, "जाओ, उसे मेरे पास ले आओ।"

हुस्नबानो ने पूछा, "हे युवक! क्या तुम जलमुर्गी के अंडे के बराबर मोती ले आए?"

हातिम ने मोती को परदे के भीतर डाल दिया।

हुस्नबानो मोती को देखकर बहुत खुश हुई तथा हातिम को अनेक बार धन्यवाद दिया।

आठ दिन बाद हातिम सौदागर की बेटी हुस्नबानो के पास गया और बोला, "ऐ सौदागर की बेटी! अब तुम अपना सातवाँ सवाल बताओ?"

हुस्नबानो बोली, "हुम्माबाद गिर्द की खबर लेकर आओ कि चक्की की भाँति चलने पर भी लोग उसमें कैसे नहा लेते हैं? इतना पता तो तुम्हें बता ही देती हूँ कि वह दक्षिण या पश्चिम दिशा में है।"

सातवाँ सवाल सुनने के बाद हातिम सराय में आया और मुनीरशामी से विदा लेकर अपनी राह चल दिया।

8

हुम्माबाद गिर्द का रहस्य

सातवें सवाल की तलाश के लिए शाहबाद से चलकर हातिम एक घने जंगल की ओर बढ़ने लगा। कुछ दिन चलने के बाद वह एक शहर के निकट पहुँचा। वहाँ उसने देखा कि एक कुएँ पर बहुत से लोगों की भीड़ लगी हुई है। हातिम ने जानना चाहा तो उसे पता चला कि वहाँ के बादशाह का इकलौता बेटा कुएँ में गिर गया है। उसे निकालने के लिए लोगों ने बहुत प्रयत्न किए, लेकिन वह कुएँ से बाहर नहीं निकल पाया।

जब हातिम कुएँ के पास पहुँचा तो देखा, लड़के के माता-पिता रो-रोकर कह रहे हैं, "अरे, कोई हमारे बेटे को हमसे मिला दो।"

उनकी यह हालत देखकर हातिम को बहुत दुःख हुआ। वह उन्हें समझाने लगा, "देखो, रोने से कुछ नहीं होगा, तुम धीरज रखो।"

लड़के के माँ बाप बोले, "भाई, यह तो हमें भी पता है, लेकिन बेटे के बिछुड़ जाने का गम विलाप करने पर मजबूर कर रहा है।"

हातिम ने कुएँ में उतरने की बात कहकर उन्हें धीरज बँधाया और बोला, "मेरे वापस आने तक आप कहीं न जाएँ।"

हातिम कुएँ में उतरा तो उसने देखा कि वह युवक एक सिंहासन पर बैठा है। उसके चारों ओर परीजाद खड़े हैं। हातिम को देखते ही परीजादों ने अपनी स्वामिनी को एक और मानव के आने की सूचना दी।

परीजादों की स्वामिनी ने आकर हातिम का स्वागत किया और सिंहासन पर बैठे युवक से मिलवाया। हातिम ने कुएँ में उतरकर अपने आने का कारण बताया। हातिम की बात सुनकर युवक ने कहा, "एक दिन कुएँ पर मैंने एक सुंदरी की झलक देखी और उसका दीवाना होकर कुएँ में कूद पड़ा। उसके प्रेम को पाकर मेरे हृदय को शांति मिली, अब मैं यहाँ आनंदपूर्वक हूँ।"

हातिम बोला, "यहाँ तुम प्रेम की दुनिया में खोए हो और वहाँ तुम्हारे माता-पिता रो-रोकर बेहाल हो रहे हैं।"

हातिम ने परी से कहा, "इसे छोड़ दो।" पर युवक उसकी प्रेम दीवानगी में ऐसा उलझा था कि वहाँ से वापस जाना नहीं चाहता था। तब परी उसकी परीक्षा लेने के लिए बोली, "यदि तुम मुझे इतना ही प्यार करते हो तो तेल के उबलते कड़ाह में कूदकर दिखाओ।"

युवक तैयार हो गया। परी ने परीजादों से अग्नि जलाकर कड़ाह का तेल खौलाने को कहा।

तेल खौल जाने के बाद युवक कड़ाह में कूदने को दौड़ा तो परी ने शीघ्रता से उसका हाथ पकड़ लिया और कहा, "तुम्हारा प्यार सच्चा है। मैं तुम्हारे चरणों की दासी रहूँगी और तुम्हारी आज्ञा का पालन करूँगी।"

परी ने दोनों युवकों को भोजन कराया और अपनी दो दासियों को आदेश दिया कि उन्हें कुएँ के ऊपर पहुँचा दे। हातिम ने उनसे आज्ञा ली और दोनों कुएँ के बाहर आ गए।

उस नगर के एक बूढ़े आदमी ने एक दिन हातिम को दावत दी। हातिम ने दावत कबूल कर ली। बूढ़े आदमी के परिचय पूछने पर हातिम ने बताया कि मैं यमन देश का शाहजादा हूँ और हुम्माबाद गिर्द की खबर लेने जा रहा हूँ।"

बूढ़ा व्यक्ति आश्चर्यचकित होकर बोला, "किस दुश्मन ने तुम्हें ऐसा करने के लिए कहा है? वापस चले जाओ तो अच्छा रहेगा।"

हातिम बोला, "मैंने परोपकार के मार्ग में प्राण देने की कसम खाई है। मुनीरशामी और हुस्नबानो से वादा किया है कि हुम्माबाद गिर्द की खबर लाकर रहूँगा।"

बूढ़े ने देखा कि हातिम के इरादे मजबूत हैं तो उसने उसे हुम्माबाद का पता बता दिया।

हातिम बूढ़े का धन्यवाद करके आगे चल दिया।

दो दिन बाद एक शहर में पहुँचा तो उसने देखा कि एक जगह काफी लोग मौजूद हैं, तंबू तने हुए हैं, नगाड़े बज रहे हैं।

पूछने पर पता चला कि लोग अपनी लड़कियों को सजाकर तंबू में बैठा देते हैं। एक साँप आता है और जो भी लड़की उसे पसंद आ जाती है, वह उसे ले जाता है, यदि हम ऐसा न करें तो साँप पूरे शहर में कोहराम मचा देता है।

उनकी मुसीबत सुनकर हातिम ने कहा, "आज मैं तुम्हें इस संकट से हमेशा के लिए निजात दिला दूँगा।"

लोगों ने यह खुशखबरी बादशाह को दी। बादशाह ने हातिम को बुलाकर उसका सम्मान किया और उसके बारे में पूछा। जब बादशाह को हातिम के बारे में पता चला कि वह एक परोपकारी आदमी है तो बादशाह ने उसे बताया कि एक जिन्न वहाँ साँप की शक्ल में आता है, जो हमारी बहन-बेटियों को पकड़कर ले जाता है।

हातिम ने कहा कि अगर वे उसकी युक्ति पर चलें तो उसी दिन वह मुसीबत टल सकती है। बादशाह ने हातिम की बात मान ली।

निश्चित समय पर एक विशालकाय साँप आया। उसने जिन्न का रूप धारण किया। उस दिन उसने बादशाह की बेटी ले जाने के लिए पसंद की। हातिम के कहे अनुसार बादशाह ने जिन्न से कहा कि उनके नगर का स्वामी, जो काफी दिनों से बाहर गया था, वापस आ गया है। उससे बात करके वह लड़की को ले जाए।

नगरस्वामी के रूप में बादशाह ने हातिम को जिन्न के सामने पेश किया। हातिम ने रीछ की बेटी वाला मोहरा चुपके से एक गिलास पानी में घोलकर जिन्न को पिला दिया। पानी पीते ही वह अपनी शक्ति भूल गया। फिर हातिम ने उसे 'इस्मे-आजम' का मंत्र पढ़कर फूँक मारी तो वह वहीं जलकर राख हो गया।

जिन्न की राख को उसने एक गड्ढे में दफन कर दिया।

जिन्न के समाप्त होते ही लोगों में खुशी की लहर दौड़ गई। बादशाह ने हातिम को बहुत धन-दौलत दी, लेकिन उसने उसे गरीबों में बाँट दिया।

हातिम अब उनसे विदा लेकर आगे चल दिया। वह उसी रास्ते पर आगे चलता जा रहा था। रास्ते में उसे एक और घना जंगल मिला। उस जंगल में बड़ी-बड़ी छिपकलियाँ और बिच्छू थे, जो हातिम को देखते ही उसे खाने के लिए दौड़ पड़े। हातिम ने खुदा का नाम लेकर धरती पर मोहरा डाल दिया। मोहरे के प्रभाव से छिपकलियाँ और बिच्छू आपस में ही लड़ने लगे और देखते-ही-देखते एक-दूसरे को खा गए। अब हातिम ने अपना मोहरा उठाया और आगे चल पड़ा।

जंगल पार करके जब वह शहर में घुसा तो देखते-ही-देखते हजारों लोगों की भीड़ इकट्ठा होने लगी। सभी पूछने लगे कि आदमखोर छिपकलियों और बिच्छुओं के रास्ते से गुजरकर वह जीवित कैसे बच गया।

हातिम ने खुदा की मेहरबानी बताई। यह भी कहा कि वह रास्ता हमेशा के लिए खतरों से आजाद हो गया है। बादशाह को विश्वास नहीं हुआ तो उसने कुछ सिपाहियों को हातिम की बात परखने के लिए भेजा।

बादशाह ने हातिम का शुक्रिया अदा किया और बहुत सा इनाम भी दिया। हातिम ने उस धन को गरीबों में बाँट दिया। अब हातिम ने बादशाह को हुम्माबाद गिर्द जाने की जानकारी दी तो बादशाह का हृदय काँप गया। पर वह हातिम की बहादुरी और हिम्मत देख चुका था, अतः अपनी शुभकामनाओं के साथ उसे विदा किया तथा अपने कुछ सिपाहियों को उसे राज्य की सीमा से बाहर तक छोड़ आने के लिए कहा।

हातिम खुदा को याद करके चलता रहा। कुछ समय बाद वह एक नए राज्य में पहुँचा तो सिपाहियों ने उसे रोककर वहाँ आने का कारण पूछा। हातिम के बताने पर उन्होंने उसे अपने बादशाह के सामने पेश किया।

हातिम से बादशाह ने उसका परिचय पूछा। हातिम ने बताया कि वह यमन का शाहजादा है और हुम्माबाद गिर्द जाना चाहता है। तब बादशाह ने राय दी कि वह कुछ दिन उसके पास रहकर जाए। बादशाह को बुद्धिमान और बहादुर लोगों के साथ रहने में खुशी होती थी।

बादशाह के कहने पर हातिम उसके महल में रुक गया। दोनों में गहरी दोस्ती हो गई। उचित समय पर हातिम ने हुम्माबाद गिर्द जाने की बात दोहराई।

बादशाह ने कहा, "हे हातिम! यह विचार छोड़ दो तो मुझे ज्यादा खुशी होगी, क्योंकि आज तक जो भी वहाँ गया है, वह वापस नहीं लौटा।"

हातिम बोला, "आप फिक्र न करें। खुदा की रहमत रही तो मैं जीवित ही वापस आऊँगा।"

बादशाह ने पूछा, "आखिर ऐसी क्या बात है, जिसके लिए तुम अपनी जान हथेली पर लेकर घूम रहे हो?"

तब हातिम ने मुनीरशामी और हुस्नबानो की दास्तान सुनाई और बोला, "यह सातवाँ सवाल, हुम्माबाद-गिर्द में क्या है? इसका उत्तर मुझे लेकर ही आना है।"

बादशाह ने हुम्माबाद गिर्द के द्वारपाल के नाम एक पत्र लिखा कि हातिम नाम के आदमी को उसके पास भेज रहा हूँ, उसका खयाल रखा जाए। बादशाह ने पत्र के साथ कुछ आदमी और नौकर भी हातिम के साथ भेज दिए और आदेश दिया कि मेहमान को हुम्माबाद गिर्द तक पहुँचाकर आओ।

बादशाह से विदा लेकर हातिम उनके साथ चल दिया।

पूरा काफिला लगातार पंद्रह दिन तक चलता रहा, अनेक जंगल, नदी–नालों को पार करने के बाद हुम्माबाद गिर्द दिखाई दिया, परंतु वहाँ पहुँचना इतना आसान नहीं था।

हुम्माबाद गिर्द का द्वार एक किले के द्वार की तरह था। हातिम सीधा द्वार के पास पहुँचा और द्वारपाल को बादशाह का पत्र दिया।

द्वारपाल ने पत्र पढ़कर हातिम को बहुत समझाया, "हे भाई! तुम इस हुम्माबाद गिर्द के भीतर जाने का इरादा छोड़ दो, इसके अंदर आज तक जो भी इनसान गया है, वह जीवित वापस नहीं लौटा है।"

पर हातिम अपने इरादे पर अटल रहा। उसने परोपकार के लिए कमर कस रखी थी।

आखिर द्वारपाल ने हातिम को हुम्माबाद गिर्द के भीतरी द्वार पर पहुँचा दिया। जिस पर लिखा था, 'मूर्स बादशाह के समय पर यह किला बना था और यह कई वर्षों में बनकर तैयार हुआ। जो कोई इसमें प्रवेश करेगा, वह जीवित बचकर वापस नहीं लौटेगा। यदि जिंदगी पूरी न हुई हो तो वह

बची हुई आयु में नाग बनकर यहाँ की सेवा करेगा, इस जादुई किले से वह किसी भी तरह बाहर नहीं निकल सकेगा।'

हातिम ने जब इस लेख को पढ़ा तो विचार किया, मरने से ज्यादा तो कुछ नहीं, फिर मौत से क्या डरना। यदि मैं परोपकार की राह में मर जाता हूँ तो भला मुझसे अधिक भाग्यशाली कौन होगा!

यह सोचकर हातिम अंदर घुस गया। कुछ कदम आगे बढ़ने पर उसने पलटकर देखा तो वहाँ न द्वारपाल था न ही द्वार। सबकुछ एकाएक अदृश्य हो गया। कुछ दूर एक आदमी दिखाई दिया। वह शीघ्र उसके पास गया।

उस आदमी ने हातिम को एक शीशा दिया। हातिम ने उत्सुकता से पूछा, "भाई, तुमने मुझे यह शीशा क्यों दिया है?"

उसने जवाब दिया, "हुम्माबाद गिर्द में जो भी प्रवेश करता है, उसे मैं स्नान कराता हूँ, फिर उससे कुछ इनाम की आशा करता हूँ। रास्ते की धूल-मिट्टी के कारण हातिम की इच्छा भी स्नान की हो रही थी। वह स्नान के इरादे से उसके साथ चल दिया।

वह आदमी हातिम को एक इमारत के अंदर ले गया। अंदर एक सुंदर हौज थी। हातिम कपड़े उतारकर हौज में घुस गया। हौज में घुसते ही एक जोरदार चमक हुई, फिर घना अँधेरा छा गया। अँधेरा समाप्त हुआ तो हातिम ने देखा कि वहाँ पर सबकुछ गायब हो चुका था। हौज का पानी तेजी से बढ़ता चला जा रहा था। हातिम ने व्याकुल होकर देखा, उसकी

दृष्टि हौज़ के ऊपर लटकती हुई एक जंजीर पर पड़ी। उसने उस जंजीर को पकड़ा और ऊपर आना चाहा। वह अभी हौज की आधी ऊँचाई पर ही चढ़ पाया था कि वहाँ एक बार फिर तेज चमक उत्पन्न हुई। जोरदार गर्जना हुई। हातिम को लगा कि वह हवा में उड़ चला है।

वह एक स्थान पर जाकर गिरा और देखा कि वह एक सुंदर बगीचा था। बगीचे में फलों के पेड़ थे। उन पर फल लगे हुए थे। उसने पेड़ से फल तोड़कर खाए। फिर वह आगे बढ़ा। जैसे ही वह आगे बढ़ता तो पीछे का दृश्य गायब हो जाता।

चलते-चलते हातिम एक बारादरी में पहुँच गया। वहाँ उसने देखा कि बहुत से आदमी केवल लँगोट बाँधे नंगे खड़े हैं। निकट जाकर देखा तो वे सब पत्थर के थे।

उन्हें देखने के बाद हातिम को पेड़ पर लटके पिंजरे में एक तोता दिखाई दिया। वहीं दीवार पर लिखा था, 'जिस मानव ने हुम्माबाद गिर्द में प्रवेश किया, फिर वह वापस नहीं लौटा', एक दिन मूर्स बादशाह को वन में एक हीरा मिला। वह वजन में सात सौ सवाफुल के बराबर था। बादशाह ने दरबारियों से पूछा कि क्या ऐसा हीरा दुनिया में मिल सकता है? दरबारियों के इनकार करने पर बादशाह ने यह जादूघर बनवाया तथा पिंजरे में तोते को रख, उस हीरे को तोते को खिला दिया और शर्त रखी कि जो मनुष्य कुरसी पर रखे तीन तीरों को उठाकर तोते पर निशाना लगाएगा और एक भी निशाना लग जाने पर यदि तोते की मौत हो गई तो

हीरा उसे मिल जाएगा तथा जादूगर का तिलिस्म खत्म हो जाएगा। तब वह आराम से यहाँ से निकलकर जा सकेगा।

अगर तीनों में से एक भी तीर तोते को नहीं लगा तो तीर चलानेवाला पत्थर का बन जाएगा।

उस इबारत को पढ़कर हातिम ने तीर उठाया। उसने कमान पर तीर चढ़ाकर एक तीर छोड़ा, जो खाली गया। दूसरा तीर छोड़ा, वह भी खाली गया। अब हातिम को लगा कि उसका निचला धड़ पत्थर का होता जा रहा है। उसने खुदा का नाम लेकर तीसरा तीर निशाना साधकर तोते पर छोड़ा। वह तीर सीधे जाकर तोते के सिर में लगा और वह वहीं पर गिर गया। उसके मुँह से हीरा बाहर आ गया।

तोते की मौत से वहाँ का पूरा तिलिस्म खत्म हो गया और सबकुछ गायब हो गया। पत्थर के इनसान असली के इनसान बन गए।

जादूगर की दुनिया से छुटकारा दिलानेवाले हातिम के लिए वे दुआएँ देने लगे।

हातिम वहाँ से चला तो उसके साथ बादशाह का द्वारपाल, सेना और वे लोग थे, जो पत्थर के बने हुए थे।

बादशाह ने हातिम को सही-सलामत देखा तो उसकी बहादुरी का कायल हो गया। हातिम ने तोते के मुँह से निकला हीरा बादशाह को दिखाया तो बादशाह ने हातिम से कहा कि हीरे को वही अपने पास रखे, क्योंकि हुम्माबाद गिर्द की बावत हुस्नबानो को प्रमाण दिखाना होगा।

हातिम पत्थरों से आदमी बने लोगों को उनके देश वापस भिजवाकर खुद शाहबाद के लिए रवाना हो गया।

शाहबाद पहुँचने के बाद उसने हुस्नबानो को अपने आने की सूचना भिजवाई। सौदागर की बेटी हुस्नबानो खुशी–खुशी आई। उसने हातिम के लिए रत्नजड़ित कुरसी पेश की और 'हुम्माबाद गिर्द' की खबर के बारे में पूछा।

हातिम ने अपनी यात्रा व हुम्माबाद गिर्द की पूरी दास्तान हुस्नबानो को बताई तथा हीरा दिखाया। हातिम बोला, "ऐ सौदागर की बेटी हुस्नबानो, मैंने तुम्हारे सात सवालों का जवाब ढूँढ़कर ला दिए हैं, अब तुम भी अपना वचन पूरा करो।"

हुस्नबानो बोली, "मैं अपने फैसले पर कायम हूँ।"

हातिम ने कहा, "मैंने मुसीबतों का सामना मुनीरशामी के लिए किया है, तुम उसे अपना पति स्वीकार कर लो।"

हुस्नबानो ने हातिम के कहने के अनुसार मुनीरशामी को अपना पति बना लिया तथा हातिम को अपना भाई स्वीकार कर लिया।

अगले दिन राजमहल को खूब सजाया गया। काजी ने हुस्नबानो और मुनीरशामी का निकाह करा दिया। निकाह के बाद मुनीरशामी ने हुस्नबानो का घूँघट उठाकर देखा तो मूर्च्छित हो गया। दासियों ने मुनीरशामी के चेहरे पर गुलाब जल छिड़का। जब मुनीरशामी सचेत हुआ तो दुलहन को विदा कराकर अपने घर ले जाने लगा। वह हातिम को भी

आग्रहपूर्वक अपने साथ ले गया।

हातिम कई दिनों तक मुनीरशामी का मेहमान रहा। फिर आज्ञा लेकर अपने देश चला गया।

जब यमन के बादशाह को अपने बेटे हातिम के आने की खबर मिली तो बादशाह और मल्लिका खुशी में झूम उठे। हातिम के अपने देश लौटने पर कई दिनों तक जश्न मनाया गया।

हातिम के माँ-बाप ने हातिम का विवाह चंद्रमुखी परीपोश से खूब धूमधाम से करा दिया तथा अपने पराक्रमी, साहसी बेटे को राज्य-भार सौंप दिया। हातिम को हुस्नबानो के सातों सवालों के जवाब लाने में दस साल, सात महीने और नौ दिन का समय लगा था।

हातिम ने लगभग पचास वर्ष की अवस्था में उपकार की एक अनोखी मिसाल कायम की थी। एक दिन वह महल की छत पर खड़ा था, वहाँ से उसका पैर फिसल गया और वह सदा के लिए खुदा को प्यारा हो गया।

जब तक हातिम की कथाएँ कही जाती रहेंगी, लोगों के हृदय में हातिम के परोपकार भरे कारनामे जीवित रहेंगे।